新 潮 文 庫

文豪ナビ 藤沢周平

新 潮 文 庫 編

新 潮 社 版

11474

藤沢周平を知るための
④つのキーワード
凶刃
用心棒日月抄
たそがれ清兵衛
藤沢周平
新潮文庫
本所しぐれ町物語
藤沢周平
新潮文庫
ささやく河
彫師伊之助捕物覚え
藤沢周平
新潮文庫
冤罪
藤沢周平
新潮文庫
新潮文庫
竹光始末
新潮文庫
密謀（下）
藤沢周平
新潮文庫
密謀（上）
藤沢周平
新潮文庫
孤剣
用心棒日月抄
藤沢周平
新潮文庫
春秋山伏記
藤沢周平
消えた女
彫師伊之助捕物覚え
藤沢周平
刺客
用心棒日月抄
藤沢周平
新潮文庫
漆黒の霧の中で
彫師伊之助捕物覚え
藤沢周平

派手を嫌い、堅実に生きる市井の人々を柔らかく描き続けた藤沢周平。物静かでシャイだった国民的作家を深く知るための、4つのキーワード。

キーワード ①

海坂藩

藤沢周平の小説舞台としてたびたび登場する「海坂藩」。石高は七万石。故郷の鶴岡・庄内をモデルとした架空の小藩である。

海坂は私が小説の中でよく使う架空の藩の名前である。だが実在の『海坂』は、静岡にある馬酔木系の俳誌で、種をあかせば、およそ三十年も前に、その俳誌に投句していたことがある私が、小説を書くにあたって『海坂』の名前を無断借用したのである。

「『海坂』、節のことなど」（『小説の周辺』文春文庫）

海坂領は三方を山に、一方を海に囲まれている。里に近い山は、早く雪が消えるが、その陰に、空にそばだって北に走る山脈には、六月頃まで斑な残雪がみられる。

「小川の辺」（『闇の穴』新潮文庫）

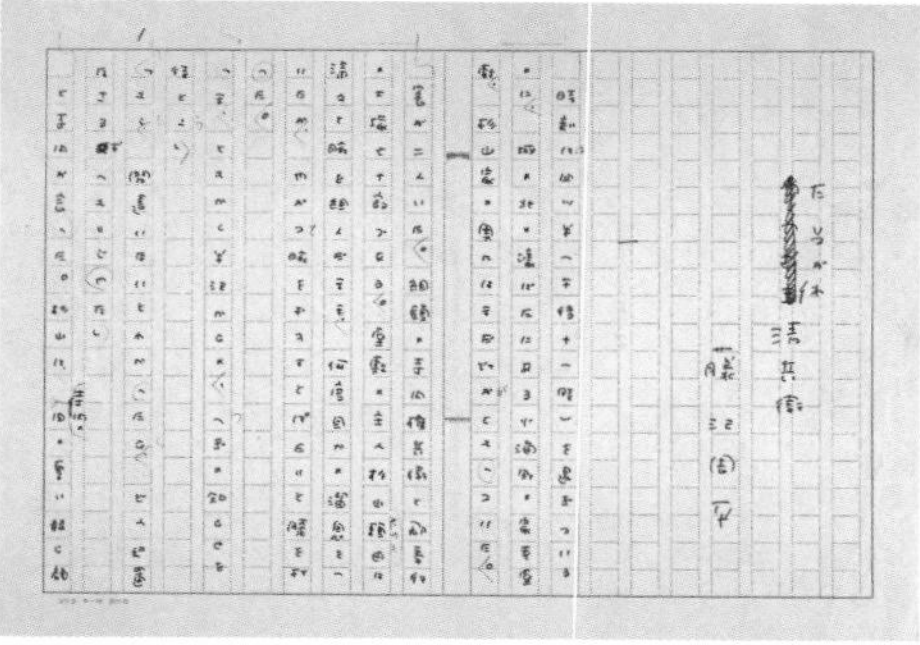

「海坂藩もの」の傑作のひとつ「たそがれ清兵衛」の自筆原稿

1994年10月、庄内藩校・致道館前にて妻の和子、
娘の展子、孫の浩平と。最後の家族旅行となった

甚之丞（じんのじょう）はいったん藩主家の休息所白萩（しらはぎ）御殿の裏まで出てから、高い塀にそって北に歩き、代官町に入った。

「岡安家の犬」（『静かな木』新潮文庫）

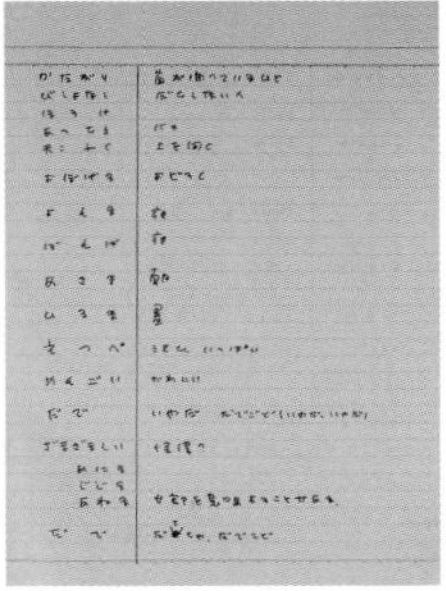

藤沢自筆の荘内方言ノート。
左に荘内方言、
右に対応する標準語が書かれている

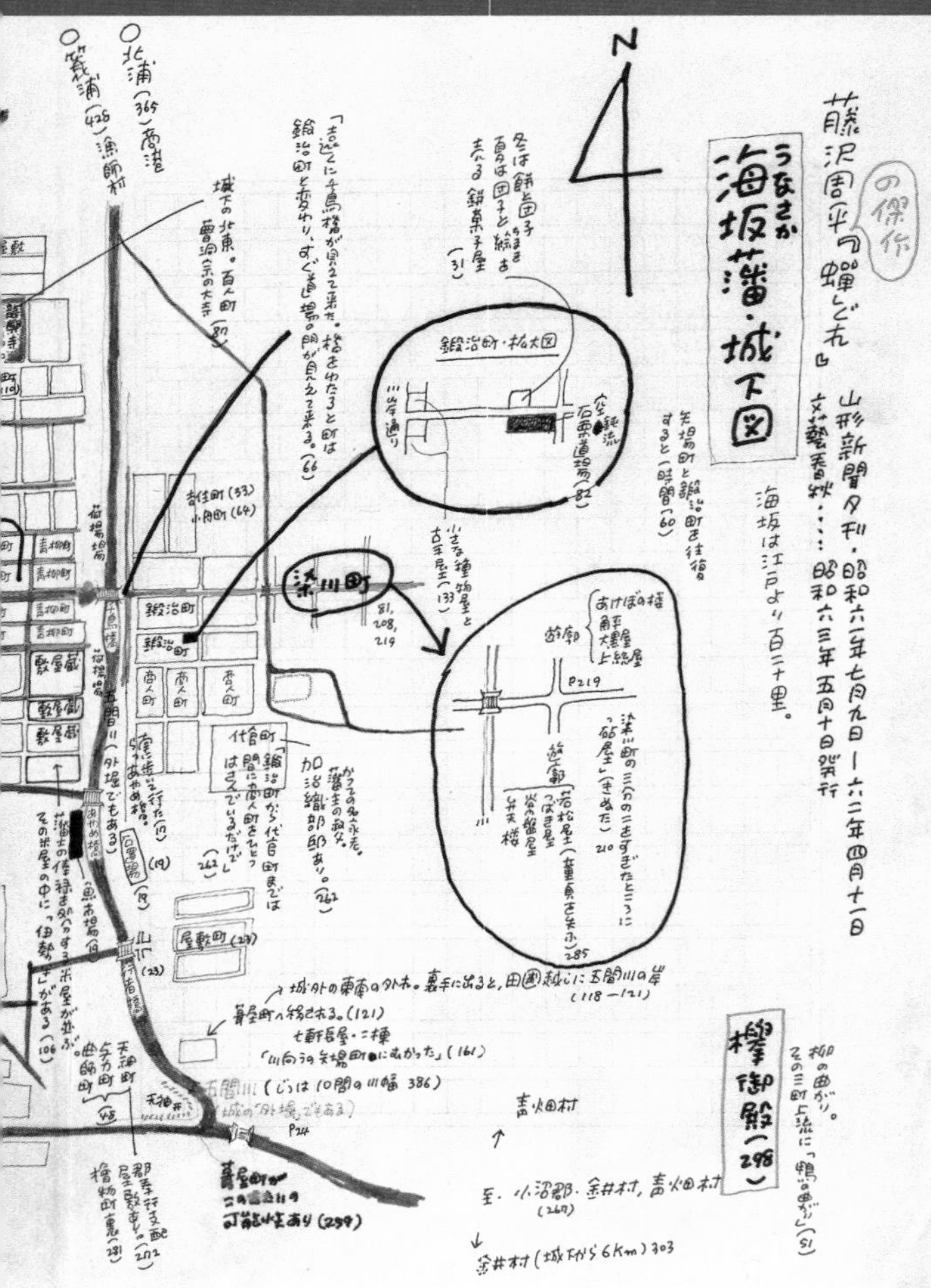

文藝春秋）を読み解いて作成した海坂藩の絵地図。同じ山形県出身で親交が深かった。

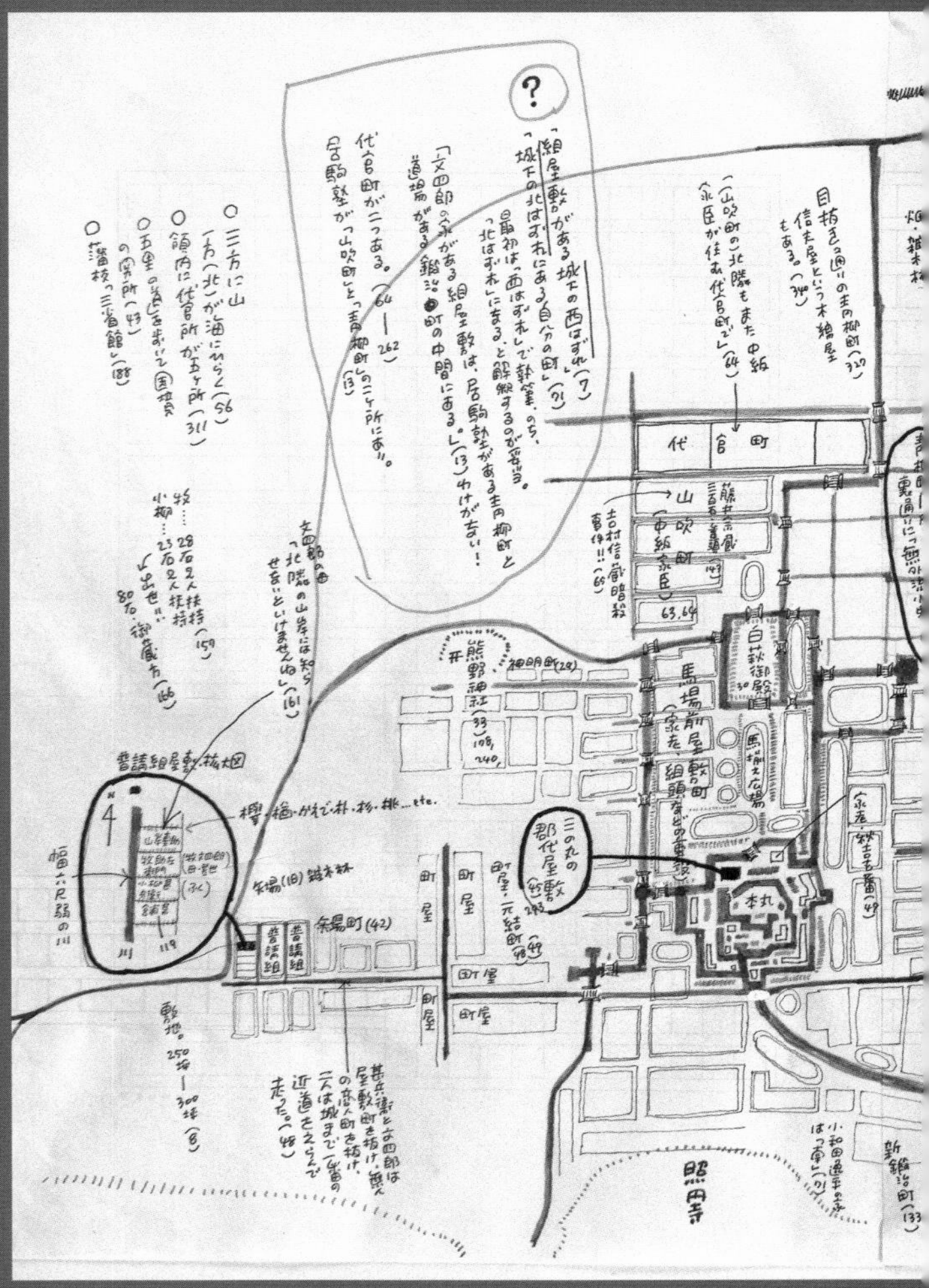

「海坂藩・城下図」井上ひさし作　遅筆堂文庫所蔵　　井上ひさしが『蟬しぐれ』

②（キーワード）江戸に生きる

「現代小説ではちょっと照れくさい」ため小説の舞台設定を江戸にした藤沢は、「市井もの」の名作を数多く生み出した。

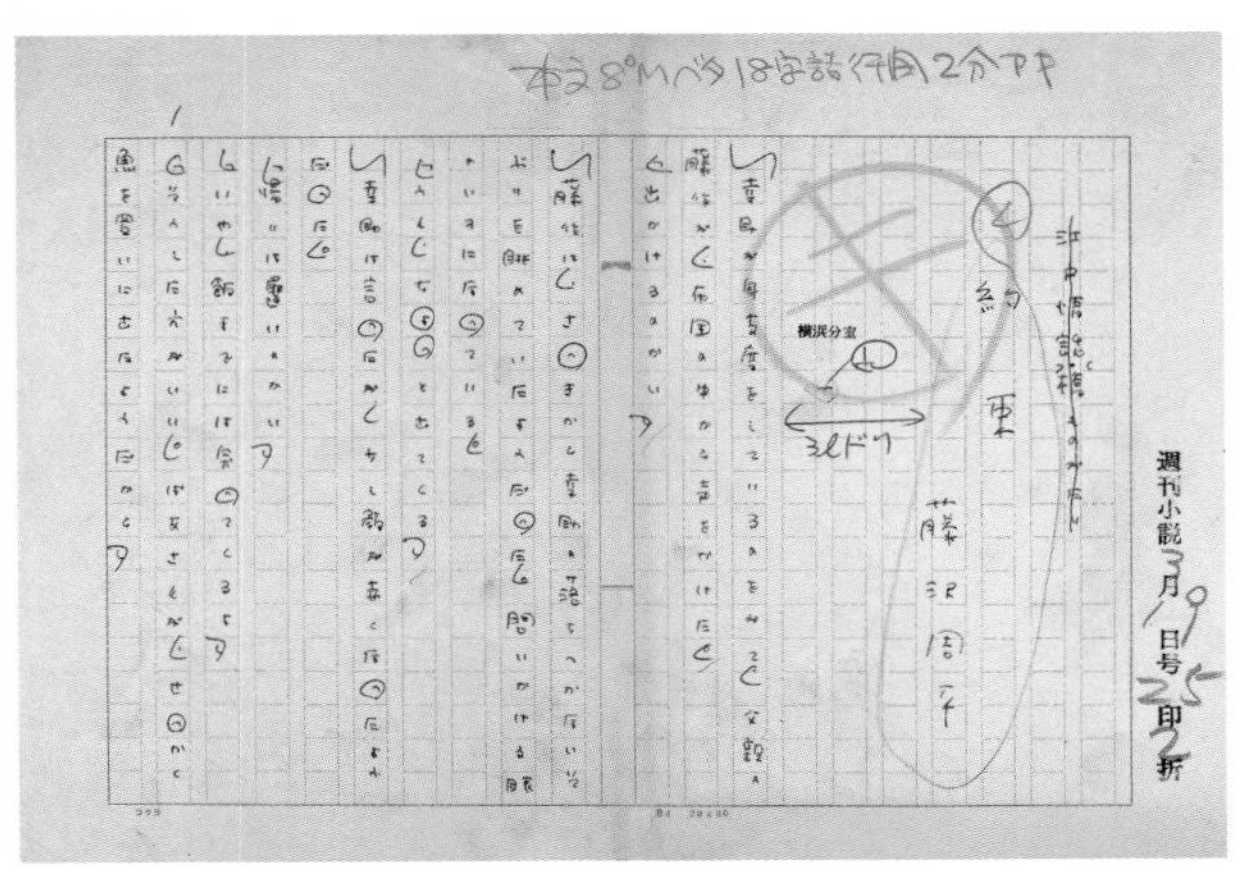

『橋ものがたり』の一篇「約束」の自筆原稿

普遍的な人間感情を扱うからには、現代にヒントを得て江戸時代の小説を書いても、格別不都合なこともあるまいとも思うのである。

「市井の人びと」
（『ふるさとへ廻る六部は』新潮文庫）

『橋ものがたり』の連作を引きうけたことで、はじめて集中的に市井小説を書く結果になり、書きおわったときには、どうにか自分のスタイルの市井小説を確立出来た感じがしたのであった。そういう意味では、十篇の小説は、出来、不出来を越えて、いずれも愛着のある作品になったと言っていいかと思う。

「『橋ものがたり』について」
（『ふるさとへ廻る六部は』新潮文庫）

キーワード③

秘剣

凶々しいばかりに研ぎ澄まされた剣技を秘める主人公たち。藤沢の卓越した剣技描写は「用心棒日月抄」「隠し剣」など、熱狂的な人気を誇るシリーズを生み出した。

上段から斬りおろす姿勢で殺到して来た敵の姿が、壁のように眼の前に迫った。かわすゆとりはなく、又八郎は敵の足もとに身体を投げ出すように膝を折った。走って来た勢いが敵に不運をもたらした。男は太刀を振りおろしたが、又八郎の身体の上でもんどり打つと、音たてて又八郎の背後に落ちた。又八郎が、下から敵の喉を刺すと同時に、素手で両足を払ったのである。

「凶盗」(『孤剣　用心棒日月抄』新潮文庫)

『用心棒日月抄』の一篇
「犬を飼う女」の自筆原稿

藤沢が愛用した
刀の鍔の形をした文鎮

「ごめん」

と甚内は言った。すべるように前にすすんだ。右手も左手も懐手をしているように袖口から中に入っている。栗田が走って来て斬りかかった。甚内は体を傾けてかわした。そのときは手は懐から出ていて、すれ違いざまに甚内の左手はしなやかに栗田の胴に巻きつき、相手の自由をうばっている。

　振りはなそうともがく栗田のうしろ首に、甚内は右手の短刀をすばやく刺しこんだ。切先で頸骨をさぐると、ひと抉りして引き抜く。


「ごますり甚内」

（『たそがれ清兵衛』新潮文庫）


　ある朝、母がいつものように洗濯物を持って階段を上がり、二階のベランダで洗濯物を干していると、父が部屋の中で木刀を振り回しているのを目にしたというのです。小説につかう秘剣の形を再現していたのです。


「わが家の木刀」

（遠藤展子『父・藤沢周平との暮し』新潮文庫）

キーワード

④ 普通が一番

長男を死産で亡くし、その後、妻は生まれたばかりの長女を残して急逝。当たり前の日常が一瞬にして瓦解する経験をした藤沢は、家族に常に「普通が一番」と言っていた。

クマがのっこのっこと歩いていました。浩平がとっことっこと歩いていました。浩平はクマを見て「おはよう」と言いました。クマはびっくりしてのっこらのっこらとにげて行きました。

藤沢が孫のために作ったお話

父から言われた言葉で、心に深く残っているものが、いくつもあります。

「普通が一番」「挨拶は基本」「いつも謙虚に、感謝の気持ちを忘れない」「謝るときは、素直に非を認めて潔く謝る」「派手なことは嫌い、目立つことはしない」「自慢はしない」

初孫・浩平の初節句

父の言う普通の生活とは、平凡に、家族が仲良く、病気や怪我をしないで健康で平和に暮らせるという、ただそれだけのことです。しかし、ただそれだけのことが難しいことを、父は身をもって知っていたのです。

「父が教えてくれたこと」
（遠藤展子『父・藤沢周平との暮し』新潮文庫）

亡くなった最初の妻・悦子と

文豪ナビ

藤沢周平

目次

ジャンル別！藤沢周平作品ナビ

数多の作品のなかから
ジャンル別に
オススメを紹介！

巻頭グラビア

藤沢周平を知るための④つのキーワード

ジャンル別！
藤沢周平作品ナビ

藤沢周平の作品は、思うようにならない人生の難しさと、それを受け入れる人間の強さや温かさに溢(あふ)れています。

「たそがれ清兵衛」「隠し剣鬼ノ爪」「小川の辺(ほとり)」など映像化された作品も多いため、名前は知っているけれど「どの作品を読んだらいいの？」と迷うところでしょう。

この「作品ナビ」では藤沢周平の多彩な作品世界を理解するための五つのコースを用意しました。それぞれのジャンルの中から代表的な作品をピックアップして、その読みどころをご紹介します。

藤沢周平 おすすめ読書コース

市井の哀歓

藤沢作品の市井人情ものは、どんな人間も包容する優しさと、苦難を乗り越える人間の強さに溢れています。読めばきっと心が柔らかになる作品をガイドします。

橋を行き交い、すれ違い、出会い、別れる男と女。人生をどう生き、何が大切なのかを再確認できる市井人情小説の傑作。

橋ものがたり P22 ＜

驟り雨 P24 ＜

本所しぐれ町物語 P26 ＜

時雨のあと P28 ＜

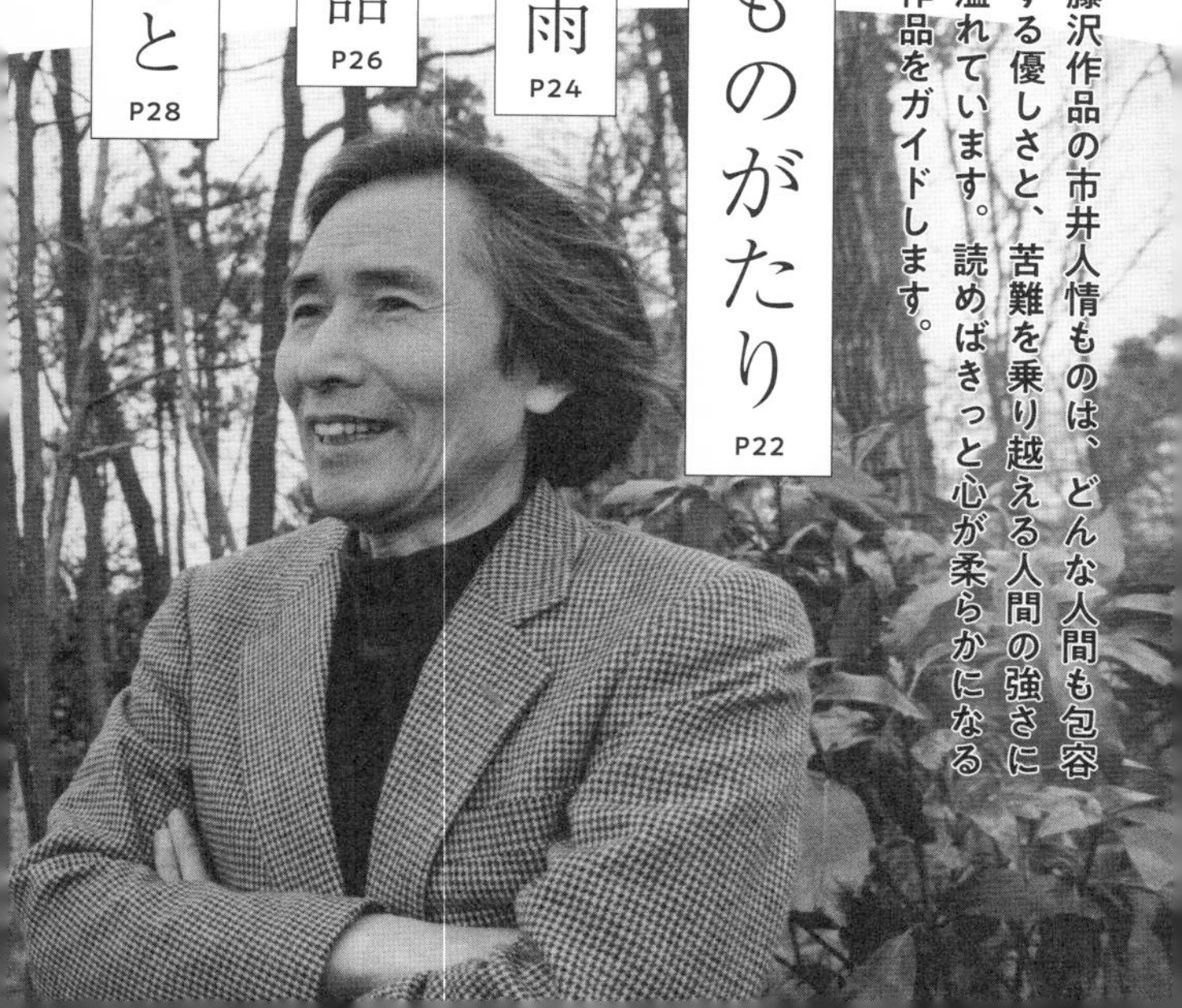

四十の坂を越え、老いを意識し始めた男。妻とは心通じず家庭は冷えきっていた。やがて薄幸の人妻おこうと出会い――。不倫をテーマにした異色作。

<

海鳴り P30

<

闇の穴 P32

<

天保悪党伝 P34

<

時雨みち P35

<

神隠し P37

<

春秋山伏記 P38

∨

龍を見た男 P40

時雨みち
藤沢周平
新潮文庫

様々な人間が行き交う橋での、出会いと別れ

『橋ものがたり』（新潮文庫）

江戸は川が町中を縦横に流れており、水の都の趣がありました。必然的に町の方々に橋が架けられており、『橋ものがたり』はそうした地域の特色を活かして紡がれた物語を収めています。

「約束」は、浅草北馬道にある錺師の店で年季奉公をしていた幸助が、南本所小泉町の家に戻ってきたところから始まります。これからの一年間はお礼奉公になるので、幸助は家から通うことが許されていたのです。

親元に戻った幸助は、帰宅して早々に小名木川の萬年橋に向かいます。幸助は五年前に幼馴染みのお蝶と、萬年橋の上で会う約束を交わしていたのです。

幸助とお蝶は、小さい頃からの遊び友達でした。お蝶は五年前から門前仲町の料理屋で女中として働いています。勤めをはじめるとき、お蝶は幸助のもとを訪れ、家の商売がうまくいかなくなり、深川に引っ越して自分は奉公に出ることになったと告げ

ました。つまり別れを言いに来たのです。それに対し幸助は、奉公の年季が明ける五年後に、萬年橋の上で会おうと約束をするのです。十六歳の幸助と十三歳のお蝶はその約束だけを心の支えにして、辛(つら)い日々を耐え抜いてきたのでした。

　果たして五年後のその日、お蝶は逡巡(しゅんじゅん)していました。お蝶は客が示した法外な金額に目がくらみ、客と寝るようになっていたからです。五年前の自分とはすっかり変わってしまっている。幸助はどう思うだろうか。ああ、もう約束の時間……。

　思うようにならない人生の難しさと、そんな辛苦をも受け入れる人間の強さ、温かさを、美しい江戸の風景と共に描いた感動作です。

「小さな橋で」は、四年前に父親が町外れの小さな橋を渡ってどこかへ行ってしまったため、日々家の手伝いに追われる十歳の少年・広次を主人公にした物語です。

　広次は米屋に働きに出ている姉のおりょうが店の手代の男とできてしまったので、おりょうが道を踏み外さないよう、母親のおまきに見張りを言いつけられました。衝突する母親と姉の板挟みになり、居心地の悪い思いをしながら暮らす広次ですが、町の子供たちと遊ぶときだけは気持ちが晴れやかになるのでした。

　しかし広次が少し気を緩ませた隙(すき)に、おりょうは駆け落ちをしてしまいます。嘆き荒れる母親から逃げようと家を出た広次が出会った人物とは――。

橋の上での出会いが人生を変えることもあります。思いやりや優しさに溢れた作品全十篇を収録しています。

抗いきれない運命に翻弄されながらも、懸命に生きる
『驟り雨』（新潮文庫）

表題作「驟り雨」は軒下という限定的な空間を舞台にした特殊な作品です。研ぎ屋の嘉吉は、昼は研ぎ師として町々を回り、そこで目をつけた家に夜、入り直します。研ぎ師が本職ではありますが、時折、悪い血が騒ぎ人の家に忍び込むのです。激しい雨が降る夜、八幡様の軒下に嘉吉は潜んでいました。雨が上がったら道の向こう側にある古手問屋に忍び込むつもりでしたが、ふいに人が八幡様に駆け込んできたので、慌てて身を潜めたのです。商家の若旦那と奉公人のようです。身ごもったかも知れないと告げた女に、男は急に冷たくなっていきます。

二人が去った後も、入れ替わり立ち替わり人が訪れます。金の分け前で揉める二人

のやくざ者。病気の母と、彼女に寄り添う幼い娘。その母娘が現れたとき、嘉吉の胸に辛い過去の記憶がよみがえります。根っからの悪人ではない嘉吉は、あまりにも痛々しい親子の姿に心を揺さぶられ、ついにある行動を起こすのでした。

「遅いしあわせ」では、飯屋で給仕女として働くおもんが、賭場(とば)に出入りするやくざな弟・栄次に頭を悩ませています。おもんは二十一歳の出戻り。飯屋に来る寡黙(かもく)な桶(おけ)職人の重吉を、他の男とはどこか違うと感じていました。

おもんのところには栄次が時折顔を見せては金をせびります。おもんが出戻ったのも、人相の悪い男たちがおもんの嫁ぎ先に借金の取り立てに来たからでした。婚家に迷惑はかけられないと、おもんは自ら家を出ていたのです。

ある日、帰りがけに重吉と出会い、水茶屋でお茶を飲むことになりました。おもんは重吉に弟の悪行に苦しんでいることを吐露します。話を聞いた重吉は、おもんを励まします。「だいぶ辛そうだが、世の中をあきらめちゃいけませんぜ。そのうちには、いいこともありますぜ」と。

しばらく後、賭場の男たちが飯屋に現れ、弟が三十両を使い込んだといっておもんを親分の家に連れて行きます。親分は借金の肩代わりにおもんを売ると告げ、爪印(つめいん)を押すためにおもんを押さえつけます。おもんが悲鳴を上げたとき、後ろの襖(ふすま)が開く音がして、振り返ると重吉が立っていたのでした。

ほかに年老いた元泥棒が看病をしてもらったお礼に、同じ裏店の女のために最後の盗みを決行する「贈り物」や、酔うと家に人を連れてくる男が老婆に居座られてしまう「うしろ姿」など名品全十篇を収録しています。

『本所しぐれ町物語』（新潮文庫）

再会、借金、深情け。ドラマに満ちた群像劇

本書は本所にあるしぐれ町という架空の町が舞台となっています。しぐれ町の町役人を務める大家・清兵衛と書役の万平は、住民の生活を全て把握しており、二人の噂話から物語は始まります。

この作品では町並みが特に詳しく描写されています。

〈二丁目から三丁目のはずれにかかる一帯は、しぐれ町の目抜き通りといった場所で、大ていの店がこのあたりにあつまっている。糸屋の梅田屋、味噌、醤油商いの尾張屋、

小間物屋の紅屋、草履問屋の山口屋、瀬戸物商いの小倉屋、表具師の青山堂、茶問屋の備前屋と下り塩を商う三好屋にはさまれている煮染を売る小玉屋……〉（「秋」）

精確に町並みが描写され、この小さな町の日常風景や人間関係の濃淡、人情の機微がきめ細かく描かれています。読み進めるにつれて子供たちがどこで遊び、旦那はどの飲み屋で一杯ひっかけ、女房はどこで買い物をするのかといった生活の匂いまでもが浮き立ってきます。

「鼬の道」は、呉服商いで細々と身を立てている菊田屋の新蔵のもとに、失踪していた弟の半次が現れます。弟は食い詰めて上方から戻ってきたのです。居座る弟に気が重くなる新蔵ですが、半次は昔の仲間に追い払われ、再び上方へと戻ります。厄介払いできたとホッとすると同時に、気がとがめる新蔵なのでした。

「約束」は身売りをして死んだ父の借金を払う少女おきちの物語です。

おきちが弟妹を寝かしつけた後、おろくという飲み屋に父親の熊平を迎えに行くと、熊平は水路の脇に倒れていました。脳卒中です。三日経っても意識が戻らないため、おきちは金貸しのおつなに金を借り、医者に見せましたが、熊平は翌日に亡くなりました。

弟妹の預かり先を決めたおきちは、おつなにさらに二両の借金を申し込みます。そのお金で、父の遺(のこ)した味噌屋と油屋、飲み屋、博奕(ばくち)の借金を返したのです。さらにおつなへの返済のために、おきちは新石場の小松屋という女郎屋に売られることになりました。おきちはたった十歳だというのに――。

自身番は大騒ぎとなり、清兵衛がおきちに本当の気持ちを訊(たず)ねると、おきちは小さな声で「親の借金は子の借金ですから」と言います。「それに、もう約束したことですから」とも。

あまりにできすぎた回答に大人はみな当惑し、かすかな嫌悪感(けんおかん)を隠しきれません。しかしおきちは町を出て行くときに、十の子に戻ったかのように激しく泣き、住民達は安心し、泣いて見送ったのでした。

町人たちの日常を浮き彫りにすることにより、人間の表と裏を巧みに描いた市井ものの逸品です。

運命に翻弄される兄妹の背に、冷たい時雨(しぐれ)が降り注ぐ

『時雨のあと』（新潮文庫）

表題作の「時雨のあと」は兄の立ち直りを信じる妹の物語です。

回向院南の相生町にある裏店に住む安蔵は、足を折る怪我がもとで鳶職をやめ、日雇いのまま女房ももらえずにいます。妹のみゆきには錺師の見習い中だと嘘を言っては、みゆきがこつこつ貯めたお金を引き出し、賭場で使い果たしていました。

みゆきは五年前から女郎として働いています。小さい頃、両親が失踪したときには品川の遠縁に引き取られましたが、みゆきが十歳になったとき、安蔵が一人前の鳶職人となったため相生町に引き取りました。兄妹で一緒に暮らし、みゆきは幸せでした。しかし安蔵の怪我を契機にささやかな幸せは終わりを告げます。生活のため、みゆきは女郎となり、今は安蔵が錺師として一人前になって引き取りに来るのを待っているのです。

ある夜、安蔵が賭場で借りた金は十両にも膨らんでいました。返す当てのない安蔵はみゆきから金を引き出すしかないと考え、賭場の男・源五と共に女郎屋へと向かいます。ひとりだちのために、今晩中に十両が必要だと迫る安蔵。源五はみゆきの容姿に価値があると踏み、数日の猶予を安蔵に与えます。

兄の挙動に不審を抱いたみゆきは安蔵の勤め先を訪ねてまわります。しかしどこにも兄が働いた痕跡はありません。裏店すら夜逃げをしていました。隣人から兄が博奕にはまっていたと聞き、安蔵は自分を引き取る気などなく、全てが嘘であったことを悟ります。激しい雨が降る中、みゆきは兄を探します。早くなんとかしないと、兄ちゃんは取り返しがつかなくなる——。妹の愛情は兄に届くのでしょうか。ほかに甥(おい)の娘のために刀を手に取る「果し合い」など、人の弱さや哀(かな)しさ、強さを描く全七篇を収録しています。

四十代。心に翳(かげ)りを持つ男は、美しい人妻に惹(ひ)かれていく

『海鳴り』 上・下（**文春文庫**）

本石町の紙問屋、小野屋新兵衛は五十に手の届く年齢となっていました。同業の間で中どころに数えられる新興の紙商人です。

新兵衛が最初に自らの老いに直面したのは四十になる前のことです。自分の頭に白髪を見つけたのです。衝撃は受けたものの商いは順調で、多忙を極めていたのでさして気にとめなかったのですが、四十の坂を越えた頃、様々な不調に見舞われます。腕、

首、肩の急な激痛やめまい、心臓の鼓動の異様な高まり。新兵衛も老いを意識せざるをえませんでした。その頃から組仲間と吉原や岡場所に飲みに出るようになり、四十二のときには女を囲います。漠然とした焦りや空しさに取り憑かれて夜の町を出歩きましたが救いはなく、残ったのは家庭内の不穏な空気だけ。女房との仲は冷え切り、肝心の跡取り息子は出来が悪かったのです。

ある日、同業者の寄り合いの帰りに、酒を飲み過ぎて具合が悪くなった丸子屋の女将・おこうを道端で見かけます。放っておくわけにもいかず、近くの連れ込み宿同然の店に女将を運びます。介抱のため、泥酔するおこうの帯を緩め、襟を広げると、不意に白い胸が現れ新兵衛は思わず息を詰めます。やがて目をさましたおこうに事情を説明し、指一本触れていないと告げます。おこうは新兵衛を信じ、秘密を共有することを約束したのでした。

後日、下谷広小路の水茶屋で二人は思いがけず再会します。おこうはあの晩、店を出る姿を紙問屋の塙屋彦助に見られてしまったと告白し、新兵衛は二人の仲を邪推した彦助がおこうを強請ろうとしているようだと直感します。新兵衛は彦助に会い、百両でカタをつけました。

小料理屋でおこうに彦助との顚末を報告し、安堵の思いから二人は酒や肴を楽しみます。夜道を送っていく道すがら、蔵屋敷わきの暗い広場で、おこうは「もう、これっきりですか?」と揺らぐ気持ちを明かします。新兵衛はおこうの体を引き寄せながら、こうなることは初めから分かっていたと思うのでした。

二人は逢瀬を重ねていきますが、この時代の不倫は露見して訴え出られれば死罪となります。次第に追い詰められた二人がとった道とは。初老の男の心の揺らぎを描いた、市井ものの長篇小説です。

別れた男との再会に揺らめく女の心
『闇の穴』(新潮文庫)

表題作「闇の穴」の主人公・おなみの亭主は大工です。前の亭主の峰吉は五年前に失踪。おなみは一年待って峰吉のことは諦め、新しい生活を始めていました。ところがある日、峰吉がおなみを突然訪ねてきて頼み事をします。鎌倉横町の裏店にいる老人に、月に一度、細長く巻いた紙包みを渡して欲しいというのです。

あるとき子供が熱を出して約束の日に届け物ができませんでした。翌日に行くと老人の家の戸は閉まっていました。おなみが紙包みを開くと、それはただの白い紙でした。おなみは紙を捨ててしまうのですが……。

「小川の辺（ほとり）」は肉親の情愛と藩命の間で苦悩する武士を描きます。

戌井朔之助（いぬいさくのすけ）は月番家老から、佐久間森衛の上意討ちを命じられます。佐久間は妻と共に出奔しており、その妻は朔之助の妹・田鶴（たず）です。佐久間は腕の立つ遣い手で敵（かな）う者は他になく、田鶴もまた直心流の心得があります。複数で向かえば修羅場になるため、朔之助一人で始末をしろと命じられたのです。相談ではなく主命と言われ、朔之助は引き受けざるを得ませんでした。刃向かってきた場合には、田鶴をも斬（き）らねばならなくなったのです。

支度をしていると若党の新蔵が同行を願い出ました。新蔵は朔之助らと兄弟同然に育ってきました。妹の田鶴は幼い頃から気性が激しく、兄に対して反抗的でしたが、不思議と新蔵の言うことだけは素直に耳を傾けました。朔之助は田鶴のことは新蔵に任せようと心に決めます。

やがて二人の隠れ場所を突き止めた朔之助らは上意討ちを決行します。戦いの結果は、そして田鶴の命は。

ほかに「木綿触れ」「閉ざされた口」など全七篇を収録しています。

ワルだけど、どこか憎めない六人の痛快な悪だくみ

『天保悪党伝』（角川文庫・新潮文庫）

本書には、講談や歌舞伎で知られる人物が登場します。金持ちからゆすりたかりをはかる奥坊主の河内山宗俊。宗俊の弟分で八十俵取りの御家人・片岡直次郎。悪党だが情に篤い料理人・くらやみの丑松。金に困って辻斬りをする町の道場主・金子市之丞。商人だが大名屋敷に盗みに入り、密輸で儲ける大名を強請る森田屋清蔵。吉原大口屋の遊女で直次郎や市之丞と馴染みの三千歳。憎めない六人を主人公にした連作長篇です。

あの時、あの女と添い遂げていれば……

『時雨みち』（新潮文庫）

「時雨みち」は芝神明（しんめい）あたりでは知らない者がいないほどの大店「機屋（はたや）」の主人・新右衛門が主人公。新右衛門は四十五歳、入り婿（むこ）です。大伝馬町（おおでんまちょう）の太物問屋に奉公し、手代として機屋に出入りをしていたところを先代に見込まれ、婿として迎え入れられました。

ある日、若い頃の奉公人仲間が、二十余年前に密（ひそ）かに好き合っていた女の消息を漏らします。その昔、子を堕（お）ろさせたあげく冷たく捨てた女が、今は女郎屋にいるというのです。過去の償いをしようと彼女のもとを訪れる新右衛門ですが、若き日の自分がどれだけ酷（ひど）いことをしたのかを突き付けられるのでした。

「山桜」は主人公の野江が、物静かですが正義感は強く、剣の腕が立つ手塚弥一郎に惹かれていく恋物語です。

叔母の墓参りの帰り、野江は野道を歩くことにしました。野江は十八で嫁入りをしましたが、夫に先立たれて実家に戻り、再婚してから一年になります。しかし嫁ぎ先は武家でありながら密かに金を貸し、蓄財に狂奔しているような家でした。

野道に山桜を見つけ、ひと枝欲しくなりましたが手が届きません。そこへ手塚弥一郎が通りかかり、手折ってくれました。弥一郎は野江の再婚相手として名前が挙がったことがありましたが、剣の名手と聞き、野江は粗暴な男だと思い込んでしまったのです。しかし目の前にいる弥一郎は穏やかな目をしていました。家に戻り、母から弥一郎はまだ独身だと聞くのでした。

その年の暮れ、弥一郎は組頭の諏訪(すわ)平右衛門を刺し、自ら大目付の屋敷に出頭します。弥一郎を小馬鹿(こばか)にする夫に耐えきれず、野江は去り状を貰(もら)って家に戻りました。また桜の季節が巡ってきました。一枝の桜を手に、野江が向かった先は……。

ほかに公儀隠密(おんみつ)が帰還しない仲間を探しに行く「帰還せず」。結婚が決まった女のもとに母親だと名乗る品のいい女が訪ねてくる「夜の道」など全十一篇を収録しています。

失踪から三日、お内儀は色香をたたえ帰ってきた

『神隠し』（新潮文庫）

表題作「神隠し」は小間物屋伊沢屋のおかみ、お品が姿を消したところから物語が始まります。

買い物に行くといって出かけ、戻らなかったお品。お品は二十七歳、後妻です。調べにあたった岡っ引きの巳之助（みのすけ）は、いつも酒の匂いがする遊び好きですが、調べの勘は抜群です。

お品の足取りは下駄（げた）を買ったのを最後に不明でした。三日後にひょっこり現れたお品は買い物に行って戻ってきただけだと言うばかりです。巳之助が会うと、お品はなぜか凄艶（せいえん）さを漂わせており、確かに買ったはずの下駄はなく、謎（なぞ）は深まるばかりでした。お品はどこで何をしていたのでしょうか。

ほかに「拐し（かどわかし）」「昔の仲間」「疫病神」など全十一篇を収録しています。

著者の郷里、山形県庄内地方に伝わる習俗を小説化

『春秋山伏記』（角川文庫・新潮文庫）

　夫を亡くし、一人娘のたみえを連れて櫛引通野平村の実家に出戻ったおとし。畑仕事の帰りに近道をしたのが間違いでした。たみえの身体が崖を滑って落ちたのです。身体を投げ出してたみえの腕を掴みますが、引き上げることはできません。

　眼下にはこの土地で最上川に次ぐ大河である赤川の水流が渦を巻いています。赤川の水は深く岸を抉って流れても勢いは止まらず、川底を掘り続けて底も見えない深く暗い「淀み」を作っていたのでした。

「淀み」に落ちたら死体は上がらないと言われています。おとしの力も限界を迎えます。もう駄目だ……そのとき不意に男の声がします。「離すなよ。いま助けでやっぞ」。

　気がつけば白装束の大男がたみえを引き上げ、立ち上がっていました。男は羽黒山から来た山伏だと告げ、姿を消します。

　おとしはその山伏・大鷲坊が、かつて薬師神社の別当だった山伏の息子であり、暴

れん坊の不良少年だったことに気づきます。

大鷲坊は長年にわたり神社に住みついていたもぐりの山伏・月心坊（がっしんぼう）と一悶着（ひともんちゃく）を起しました。大鷲坊は神社の正式な別当と認める書付けを持っており、月心坊に寺から出て行くよう迫ったのです。とはいえ新参者の大鷲坊よりも古株の月心坊に信頼を置いていた村の顔役は、歩けなくなっているおきくという娘の足を治してみせろと無理難題を突きつけ、大鷲坊を村から追い出そうとしますが……。

藤沢周平自身の〈山伏装束をつけ、高足駄を履いた山伏が、村の家々を一軒ずつ回ってきた〉（あとがき）という子供の頃の記憶が母体となった作品です。また〈この小説で、私はほとんど恣意（しい）的なまでに、方言（荘内弁）にこだわって書いている。お読みくださる読者は閉口されるに違いないが、私には、方言は急速に衰弱にむかっているという考えがあるので、あまりいい加減な言葉も書きたくなかったのである〉（同）と記すように、作中の会話はほぼすべて庄内弁で描かれています。柔らかく温かな方言が、人間の優しさや豊かさを一層引き立てます。

酒びたりの父をかかえる娘と母

『夜消える』（文春文庫）

表題作「夜消える」は雪駄職人の兼七が主人公です。兼七は腕の良い職人でしたが、深酒で手が顫（ふる）えて仕事にならなくなります。娘のおきみは大工の新吉と所帯を持つはずでしたが、父親のせいで破談の危機にあります。おきみが「死んでくれればいい」と言ったのを聞いた兼七が取った行動とは。

ほかに別れた女房との復縁を考える男を描いた「永代橋」など全七篇を収録しています。

暗い水底で息を潜める、巨大な気配

『龍（りゅう）を見た男』（新潮文庫）

表題作「龍を見た男」は、現在の山形県鶴岡市に実在する曹洞宗のお寺・善宝寺に祀られる龍神の伝承をもとに書かれた郷土小説です。

人間は自分の力と運次第であり、運が尽きれば神仏など助けてくれるわけもない、とおよそ信心ということに関心が無い漁師の源四郎は、周囲とは軋轢ばかりを起こし、孤立しています。

奉公口が見つからず家でぶらぶらしていた姉の子供・寅蔵を預かり、仕込んでいましたが、流された櫂を拾うために海に飛び込んだ寅蔵が波に飲まれ命を落としてしまいます。打ちひしがれた源四郎は妻のおりくに誘われるがままに善宝寺を詣でます。ご祈禱を受け、寺の外に出て、龍が潜んでいるという池も訪れます。――龍なんかいるもんか。神妙に池に向かって手を合わせるおりくを横目に、鯉の群れを眺めていた源四郎ですが、おりくの後ろから歩きだそうとした時に、池に潜む巨大なものの気配を感じます。

ある夜、霧に囲まれ舟は恐ろしい早さで潮に運ばれます。方角は失われ、櫓を漕ぐこともできません。初めて恐怖に襲われた源四郎は「助けてくれ、龍神さま」と絶叫します。

不意に源四郎はまばゆい光を見ました。地上から雲間まで、闇を貫いてのびる一束の赤く巨大な火柱でした。その火柱の中に源四郎が見たものとは。

ほかに「帰って来た女」「おつぎ」など全九篇を収録しています。

運命の糸にあやつられ、奈落（ならく）に落ちてゆく男たち
『闇の梯子（はしご）』（文春文庫・講談社文庫）

表題作「闇の梯子」は、印刷するための文字や図柄を彫る板木師（はんぎし）の清次が、病に苦しむ妻の治療費を稼ぐため、禁じられた仕事に手を染める物語です。

博奕と女に溺（おぼ）れて家を潰（つぶ）し、出奔した兄の消息を尋ねるため江戸に出た清次は、兄と同じ板木師の修行を積みます。修行の末に独立し、おたみと所帯を持ちました。

ある日、昔の修行仲間の西蔵（とりぞう）が訪ねてきます。最初は再会を喜びあいますが、西蔵の目的は借金でした。どことなく兄と似ている西蔵を見捨てることはできず、清次はわずかな金を西蔵に渡します。案の定、西蔵はその後も度々金の無心に訪れます。

そこへおたみの病気が発覚します。おたみは血を吐き、寝たきりとなりました。

師走のある日、清次は文淵堂の浅倉屋久兵衛に呼びつけられました。日が暮れるのを待って、二十両の金を孫蔵という男に手渡して欲しいとのことでした。まともな金の受け渡しではないことは明らかでしたが、唯一の得意先の頼みは断れません。

金の受け渡し場所に現れた男は刺すように清次を見つめてきました。清次はその男に見覚えがありました。浅草で偶然、兄と一緒にいたところを見たことがあるのです。清次と一度会ったことがあると気付いた男は、清次を痛めつけます。そこへ懐かしい声が響きました。兄の声でした。兄・弥之助は二十両を男の手から奪うと、清次に手渡し「元気でやれ」と告げました。

その場を後にして町に戻ってきたとき、酉蔵の声がしました。酉蔵は清次をつけ回し、一部始終を見ていたのです。酉蔵は金を奪うために襲いかかってきます。しかし清次は酉蔵を徹底的に痛めつけ、縁を切ることができました。

おたみの病は悪化の一途を辿ります。ついに腹の腫物が破れました。ふいに手に入れた二十両は薬代としてとうに消えています。おたみの命を長らえさせるためには、もっと金が必要なのです。清次はついに禁制の仕事に手を染めます。

ほかに「入墨」「父と呼べ」など、市井ものから隠密小説まで多彩な全五篇を収録した時代作品集です。

藤沢周平 おすすめ読書コース

海坂藩

藤沢周平の故郷である鶴岡・庄内をモデルにした架空の小藩を舞台に、藩の政争や武士の生きる姿を、雄大な自然美と共に綴りました。

蟬しぐれ

P46

海坂藩士・牧文四郎が苛烈な運命に翻弄されつつ成長してゆく姿を描いた、傑作長篇小説。叶わぬ恋の切なさにも注目。

＜

たそがれ清兵衛

P48

その風体性格ゆえに、侮られがちな侍たちの意外な活躍を描いています。山田洋次監督作品「たそがれ清兵衛」の原作としても有名！

＜

竹光始末

P50

＜

風の果て
P52
静かな木
P53
冤罪
P54
雪明かり
P55
霜の朝
P57
もうすぐ還暦を迎える男は五年前に亡くした妻が忘れられず……。最晩年の三篇を収録。

海坂藩ものといえばこれ! 絶対に外せない名作
『蟬しぐれ』上・下(文春文庫)

「海坂藩」は藤沢周平が好んで舞台にした架空の小藩です。江戸時代の庄内地方(藤沢周平の故郷)をモデルにしたと言われています。江戸から北へ百二十里の所にある石高七万石の藩で、城下には「五間川」が流れています。「五間川」は山形県の鶴岡市街地を流れる内川がモデルになったと後に藤沢周平は語っています。

海坂城下には武家町や商人町、「染川町」という歓楽街があります。「五間川」や「染川町」などが出てくる作品はいわゆる「海坂藩もの」と呼ばれ、藤沢作品の中でも圧倒的人気を誇ります。中でも『蟬しぐれ』は海坂藩ものの長篇で、藤沢文学の最高傑作と評されています。

主人公・牧文四郎は海坂藩普請組の組屋敷に住んでいます。ある夏の朝、家の裏を流れる小川の川縁で、隣家の娘・ふくが蛇に指をかまれました。文四郎はかまれた傷口を吸います。文四郎十五歳、ふくは十二歳。二人にとって生涯忘れえぬ出来事でした。

親友の小和田逸平や島崎与之助と共に、昼前は居駒塾で経書を学び、昼過ぎから空鈍流の石栗道場に通っていた文四郎の身に、突然不幸が訪れます。父が藩主の世継ぎ争いに巻き込まれ、切腹を命じられたのです。父の遺骸を文四郎は荷車で引き取りに行きます。最後の気力をふりしぼって、父を乗せた荷車を坂の上まで引き上げると、組屋敷のほうから駆けてきたふくが、文四郎に寄り添い荷車の梶棒を握るのでした。

牧家は減禄、古びた長屋への移転を命じられました。しばらくして、急に江戸に行くことになったと挨拶に来たふくに会うことができず、文四郎は気持ちを暗くします。

翌秋、文四郎は元服し、郡奉行支配を命じられます。やがて文四郎はふくが藩主の愛妾となったことを耳にします。お福さまと呼ばれる身分となった隣家の娘ふく。二人の間には決して埋めることのできない深い溝が生まれたのです。

後に文四郎は妻を娶り、平穏な日々を送っていました。そんな折にお福さまが藩主の子を身籠もったと与之助から聞かされます。お福さまは密かに帰郷し、欅御殿と呼ばれる藩主の別宅に匿われ、出産の日を待っているということでした。後にお福さまは無事に男の子を出産しました。

ある日、文四郎は藩の権力者である里村家老から呼び出しを受け、欅御殿で生まれた藩主の子を奪うよう命じられます。藩内で欅御殿を襲撃する不穏な動きがあり、御子を保護したいと里村は説明します。文四郎がお福さまと幼馴染みなので、安全に御子を運べるのは文四郎をおいて他にはいない、藩命であると里村は言います。

しかしこれは海坂藩のお世継ぎ騒動に隠された派閥の主導権争いでした。里村は文四郎を罠にはめようとしていたのです。果たして文四郎の取った行動とは……。

十五歳の少年の成長や友情、淡い恋の芽生え。過酷な運命に耐え、誠実にひたむきに生きる文四郎の姿に胸を打たれます。

その風体ゆえに侮るなかれ

『たそがれ清兵衛』（新潮文庫）

表題作「たそがれ清兵衛」は実にユニークな物語です。

豪商と結託し専横を極める筆頭家老の堀将監は、藩主の交代までも画策していました。堀と対立する家老杉山頼母は上意討ちを決意し、討手として白羽の矢が立ったのが井口清兵衛です。清兵衛は勘定組五十石で、無形流の名手といわれていました。しかし清兵衛にその面影はありません。清兵衛は病身の妻を抱えており、下城の太鼓が鳴ると同時に同僚との付き合いも断って、そそくさと家に飛んで帰り、妻の看病や家事に励むのです。看病疲れの反動で城勤めの最中に居眠りをする一方で、夕方には元気に下城することから「たそがれ清兵衛」と陰口を叩(たた)かれ軽んじられていました。

最初は妻の看護を理由に上意討ちを断ろうとした清兵衛でしたが、妻の養生への援助と、決行は妻を介護した後でよいという条件を示され、ついに上意討ちを引き受け、飄々(ひょうひょう)と将監を討ち果たしました。

無事重責を果たした清兵衛は妻の待つ鶴ノ木の湯宿へ急ぐのでした。

他に、糸瓜(へちま)のうらなりを連想させる顔貌(がんぼう)の「うらなり与右衛門」、家のためにごますりを続ける「ごますり甚内(じんない)」など全八篇を収録します。その風貌や性格ゆえに軽んじられている男たちが、実は驚くべき剣技の持ち主であり、事があれば秘めたる腕前を披露する極めて痛快な剣客小説です。

『竹光始末』（新潮文庫）

一家の糊口を凌ぐために、刀を売ってしまった浪人の心意気

「竹光」とは、竹を削って刀身に変えたもの、つまり切れない刀です。表題作「竹光始末」はこの竹光をめぐる物語です。

海坂藩の城の正面木戸に垢じみた家族連れが現れます。浪人の小黒丹十郎と妻女の多美、そして幼い姉妹の四人。丹十郎らは仕えた家が立て続けに断絶してしまい、流浪の旅の途中でした。丹十郎は海坂藩が新規召抱えをしていると聞きつけ、知人の会津藩士・片柳図書が用意してくれた周旋状を持参して、物頭の柘植八郎左衛門を頼ってきたのです。

しかし藩の新たな召抱えは一月ほど前に終わっていました。それを聞かされた丹十郎は途方に暮れます。あまりの落胆ぶりに同情した八郎左衛門は、少し人にあたってみると約束するのでした。

八郎左衛門の連絡を待って城下の旅籠に泊まり込んだ丹十郎親子は、宿賃を請求さ

れ、一文もないと白状してからは飯も出なくなっていました。丹十郎は五間川補修の川人足として働き、飯代だけは確保してきましたが、宿賃の支払いは厳しく、とうとう刀を売らざるを得ませんでした。

月が改まった最初の日、丹十郎のもとに八郎左衛門の使いが来ます。丹十郎に告げられたのは、藩に逆らう人物を上意討ちにすれば、召抱えにするというものでした。

相手は余吾善右衛門。丹十郎が善右衛門の立てこもる家の門扉(もんぴ)を開けると、玄関口には善右衛門が座っており、「俺は逃げる」と話し始めます。話をしているうちに丹十郎は善右衛門に気を許し、刀を売って宿賃を払った話をし、太刀の中身まで見せてしまいます。

丹十郎の刀が竹光と知った善右衛門は邪悪な喜びに顔を歪(ゆが)ませ、斬り込んできます。果たして丹十郎は相手を打ち倒すことができるのでしょうか。

ほかに、恐妻家の男が藩の危機を未然に防ぐ「恐妻の剣」、美しい妻を持った男が錯乱する「乱心」など全六篇を収録しています。

人が人を信じて生きる豊かさ

『風の果て』上・下（文春文庫）

首席家老を務める桑山又左衛門のもとに、旧友の野瀬市之丞から届いた封書は果し状でした。かつての剣友はなにゆえ自分に戦いを挑むのか。又左衛門はこれまでの己の人生を振り返りつつ、市之丞の真意を考えます。

若き日の又左衛門は、窮乏する藩の財政を立て直すため、未開の地「太蔵が原」の開墾に取り組みはじめます。土地開発の専門家を招き、事業の運営費を用立て、文字通り泥に塗れて荒地を切り開くのです。

この難事業を成し遂げるには、長い年月と莫大な資金、政治権力が不可欠でした。又左衛門は、大いなる目的のために政敵と争い、ときには命懸けで立ち塞がる難題と戦って、巨大な権勢を手中に収めたのです。

熾烈な政治抗争を経て藩の中枢に登りつめた又左衛門と、下士のまま過ごしてきた市之丞。二人の生死を賭けた果し合いの先に待ち受ける衝撃の結末とは——。

隠居後は平穏無事と思っていたが……

『静かな木』（新潮文庫）

表題作「静かな木」の主人公・布施孫左衛門（ふせまござえもん）は五年前に隠居した老年の武士です。穏やかな日々を過ごしていた孫左衛門でしたが、嫁に行った長女の久仁から、末子の邦之助（くにのすけ）が鳥飼郡兵衛の息子と果し合うと聞かされました。邦之助の剣はそこそこですが、相手は乱暴者で知られ、結果は火を見るより明らかでした。

また鳥飼郡兵衛は因縁の相手でした。二十年前、孫左衛門は郡兵衛の父に対する義理から郡兵衛の汚職をかばい、家禄を減らされました。郡兵衛はその後、素知らぬ顔で中老にまで登り詰めていたのです。

孫左衛門は当時の汚職を明るみに出すと郡兵衛を脅し、果し合いを止めるよう迫りますが……。

ほかに見た目は立派なのに気性は極端に臆病（おくびょう）な武士が、思いもよらぬ活躍を演じる「偉丈夫」など藤沢周平最晩年の三篇を収録しています。

藩金横領の厳罰の陰に隠された疑惑

『冤罪』（新潮文庫）

何事もなく平穏無事に暮らしてきた人間が人生の岐路に立たされたときに、どのような決断をするのでしょうか。

表題作「冤罪」の主人公・堀源次郎は散歩の途中に、庭の菜畑に出ている娘を見かけます。どうやら父親と二人暮らしのようです。源次郎は三男坊。婿入りの口を見つけなければならず、自分がその家で娘と一緒に鍬を振るっている姿を想像します。

ところがある日、その家の板戸が斜め十文字に材木で釘付けされていました。やがて父娘の行方について明らかになります。父の名前は相良彦兵衛。源次郎の兄と同じ勘定方に勤めており、藩金を横領したことが露見し、切腹させられたというのです。家は即日改易となりましたが、娘の行方は杳として知れません。

源次郎は事件の真相を探り、冤罪であることを突き止めますが、公にすることができませんでした。やりきれぬ思いを抱え源次郎は煩悶します。

幾日かの後、相良彦兵衛の墓参りに出かけた際に、行方知れずとなっていた娘と遭遇します。源次郎は胸に秘めていた思いを打ち明けるのでした。

正義感と気骨に溢れる侍の心意気を描く全九篇を収録しています。

青年武士の一途な想い
『雪明かり』（講談社文庫）

表題作「雪明かり」は三十五石取りの下級武士である古谷家から、十二歳の時に二百八十石取りの上士である芳賀家へ養子に出た菊四郎が主人公です。

師走のある日、肴屋の店先で若い女と傘がぶつかります。女は実家の妹、由乃でした。由乃は妹といっても継母の連れ子で菊四郎とは血がつながっていません。由乃は翌春には嫁入りが決まっていました。由乃を傘に入れ、菊四郎は家の近くまで送ります。

由乃が嫁いだ後、菊四郎は実父から由乃のことで相談を受けます。大病で寝ているらしいと人づてに聞いたものの、母親がお見舞いに行っても玄関先で追い返されてしまうというのです。菊四郎が訪ねるも姑は頑として家に入れません。強引に上がり込むと、由乃はすっかり痩せ細り、立つこともできないほどに衰弱し、汚物にまみれて寝ていました。流産の後、労りもなく働かされた果てに倒れ、しかし何の手当も受けられず放置されていたのです。菊四郎は由乃を背負い、実家に連れて帰りました。

実家で回復した由乃は茶屋に奉公に出ます。菊四郎は茶屋に通いつめるうちに、自分の本心に気付くのです。由乃も同じ気持ちでした。しかし菊四郎は祝言を控えています。家や世間体にがんじがらめになった菊四郎は「跳べんな」と呟くのみでした。

婚礼間近となったころ、菊四郎は由乃に会うため茶屋を訪れますが、由乃は店を辞めていました。しかし江戸での奉公先の住所は残していたのです。菊四郎の決断は——。

初期の短篇全八篇を収録しています。

紀文VS.奈良茂（ならも）。巨万の富を得た豪商が繰り広げる、プライドをかけた闘い

『霜の朝』（新潮文庫）

表題作「霜の朝」は江戸の大富豪、奈良屋茂左衛門が主役となっています。悪銭廃止令によって紀ノ国屋（きのくにや）文左衛門は没落しました。同じく江戸のお大尽として名を馳（は）せた奈良屋茂左衛門が、文左衛門との出会いから吉原での豪奢（ごうしゃ）な遊びの数々まで振り返ります。

人の心に潜む孤独や愛を綴（つづ）った全十一篇を収録しています。

武士の矜持

藤沢周平 おすすめ読書コース

胸に怒りを秘め、理不尽に耐える武士から、ユーモア溢れるものまで。藤沢周平の剣技描写が冴え渡ります。

用心棒日月抄シリーズ P60

武家ものの代表作。故あって人を斬り脱藩、国元からの刺客に追われながらの用心棒稼業が始まる。

＜

隠し剣孤影抄 P63

＜

隠し剣秋風抄 P63

虎ノ眼、鬼ノ爪、鳥刺し……。命ぎりぎりのところで刀を抜く。

暗殺の年輪
P65

三屋清左衛門残日録
P67

秘太刀馬の骨
P68

決闘の辻
P70

第六十九回直木賞受賞作。武士の非情な掟の世界を描く。

家の事情にわが身の事情、用心棒の赴くところドラマがある

『用心棒日月抄(じつげつしょう)』

シリーズ全四巻（新潮文庫）

藤沢周平による代表的なシリーズ作品といえば本作です。

馬廻(うままわり)組百石の青江又八郎は筆頭家老の大富丹後と藩主の侍医、村島宗順が藩主壱岐守(いきのかみ)の毒殺を謀(はか)って密談しているのを偶然耳にします。翌日、又八郎は許嫁(いいなずけ)由亀(ゆき)の父親平沼喜左衛門を訪ね、知ってしまった陰謀を打ち明けます。

しかし平沼は大富家老の一味でした。別れ際(ぎわ)に又八郎の背後からいきなり斬(き)りかかってきたため、又八郎はとっさに剣を抜き、平沼を斬り倒します。又八郎は一刀流の達人なのです。その夜、又八郎は出奔します。

江戸に逃れた又八郎は裏店(うらだな)の長屋で暮らし始めます。大富家老からの刺客が自分に向けられることは必定で、又八郎はそのときには容赦なく命を奪うつもりでした。許嫁の由亀が父親の仇討(あだう)ちに現れるまでは死んではならないからです。そして由亀が現れたら、討たれて死ぬ覚悟を決めていました。

およそ三月半が経ち、蓄えが底をついた又八郎は、大家の紹介で口入れ屋の相模屋を訪ねます。相模屋の主人・吉蔵は狸のような風貌。又八郎に故郷での様子や家族の有無などを尋ねている最中に、戸が勢いよく開き、頬髭を蓄えた浪人風の武士が相模屋に飛び込んできました。男の名前は細谷源太夫。子供五人を抱えて大わらわで働いているといいます。

腕に覚えがある又八郎や細谷には、用心棒の仕事が多くなります。とはいえ大店の主人が囲う妾の飼い犬の用心棒や、油屋の娘の稽古通いの付き添いなど、のんびりとした仕事も少なくありません。そのような最中に大富家老の刺客が現れたのです。又八郎は容赦なく刺客を斬り倒します。その後、幾度となく又八郎は刺客と死闘を繰り広げることになります。

同じ頃、江戸中が大騒ぎとなる事件が起きました。浅野内匠頭が殿中松之廊下で吉良上野介に斬りかかったのです。いわゆる「忠臣蔵」の発端となった事件です。内匠頭は切腹の上、お家断絶。ところが喧嘩両成敗のはずが吉良には一切お咎めがなかったのです。

この処分を不公平だという声が沸き起こります。さらにお家取り潰しで浪人となった浅野家の家臣が、仇討ちを企てているという噂が流れ始めるのです。

噂は事実でした。又八郎が様々な用心棒仕事に関わるうちに、赤穂(あこう)浪士の関係先の仕事が増え、ついに大石内蔵助(くらのすけ)の護衛を引き受け、赤穂浪人と敵対する勢力とは剣を交えることになりました。

年の瀬を迎えて相模屋が又八郎に斡旋(あっせん)した仕事は、吉良邸の警護でした。細谷も一緒です。吉良の屋敷は討ち入りが必至とみて緊張感に満ちていましたが、用心棒の待遇は極めて良いものでした。

そんな折、又八郎を訪ねてくる者がいました。国元から江戸に詰めている土屋清之進です。土屋は由亀の手紙を届けに来たのです。由亀は又八郎の祖母と二人で暮らしており、何者かに命を狙(ねら)われていると書いていました。国元では権力抗争が激化し、土屋は大富家老と対立する間宮中老に命じられて手紙を届けに来たと言います。

さらに土屋は、明後日に赤穂の浪人が吉良邸を襲うと明かします。又八郎と細谷は策略をめぐらし、吉良屋敷からの退出に成功しました。

由亀の手紙を読み、国元へ帰る決意を固めた又八郎は道中、女に襲われます。かろうじて女の剣をかわし、すり抜けざまに振った剣に手応(てごた)えがありました。見ると女は自らの短剣が腿(もも)に刺さり、倒れていました。女の手当をし、名前を聞くと「佐知」と名乗ります。佐知の手当を村人に託し、又八郎は無事帰藩しました。

帰藩後、由亀と再会した又八郎。大富家老との対決の行方は。シリーズは『孤剣』『刺客』『凶刃』と続きます。由亀と又八郎の幸せな生活、謎めいた女、佐知との間で揺らぐ男の心情、藩の秘密組織である嗅足組の存在……。藤沢文学の人気を決定づけた四部作です。

一子相伝の秘剣を受け継ぐ
『隠し剣孤影抄』『隠し剣秋風抄』（文春文庫）

「隠し剣」シリーズは、門外不出の秘剣を極めた剣客を描いた全十七篇の作品集です。『孤影抄』『秋風抄』の二冊に分けて収められており、作品の主な舞台が海坂藩であることから「海坂藩もの」の作品とも位置付けられています。

藤沢周平は「隠し剣」シリーズについて〈ここには私のこのあとの武家小説に共通する微禄の藩士、秘剣、お家騒動といった要素がすべて顔を出し、私の剣客小説の原型をなしているという意味で、愛着が深い短篇集になっている〉（「自作再見――隠し剣シリーズ」『ふるさとへ廻る六部は』〈新潮文庫〉所収）と記しています。

「邪剣竜尾返し」は馬廻組の檜山絃之助が主人公です。檜山は赤倉不動の夜籠りで素性の知れない美しい女を抱きました。しかしこれは罠でした。一刀流の赤沢弥伝次は絃之助と立ち会いたいがために、自分の女房の身体を使い、尋常の試合で不始末の片を付けろと迫ったのです。もし試合を受けなければ、不貞を暴き立てて顔を潰すと脅します。絃之助が雲弘流の指南をしていた父から秘剣「竜尾返し」を伝授されたと言われていたため、剣の鬼と化した弥伝次は、なんとしても絃之助と勝負をしたかったのです。

弥伝次との真剣での勝負を受けざるをえなくなった絃之助は、じつは「竜尾返し」を伝えられてはいませんでした。父の門弟や姉の協力で秘剣を会得した絃之助は、弥伝次との試合に臨みます。

相撃を理念とする雲弘流から見れば、「竜尾返し」は流儀の基本に背くものでした。相手の剣気を殺ぎ虚に乗じて必殺の一撃を振り下ろす、正に異端の邪剣だったのです。

藤沢周平は〈ひとつひとつの秘剣の型を考えるのは、概して言えばたのしい作業だったが、締切り近くなっても何の工夫もうかばないときは、地獄のくるしみを味わった〉（同）と書いています。藤沢周平が独創した秘剣に魅了されずにはいられません。

軽侮される武士の悲しい結末
『暗殺の年輪』（文春文庫）

表題作「暗殺の年輪」で藤沢周平は第六十九回直木賞を受賞しました。激しい稽古を終えた葛西馨之介（かさいけいのすけ）に貝沼金吾が近寄ってきます。内密の話があるので、家まで来てくれと言うのです。馨之介は訝（いぶか）しみます。金吾と馨之介は十年以上も同門の仲であり、二人は道場で龍虎（りゅうこ）とも呼ばれていましたが、原因らしいものが思い当たらないままなぜか金吾のほうから遠ざかり、疎遠（そえん）になっていたからです。

その夜、貝沼の家を訪ねると、待ち受けていたのは金吾の父のほか、家老の水尾、組頭の首藤、郡代の野地という藩の重役たちでした。そこで命じられたのは、中老の嶺岡兵庫を金吾と共に斬れというものでした。

嶺岡は若くして中老に抜擢（ばってき）され、二十数年来、藩の柱石と呼ばれて久しい切れ者です。その嶺岡が城下の豪商と組んで藩政を動かしているため、百姓が疲弊し、領内に不穏な動きが出ているというのです。

馨之介は企みに加担することを固辞しましたが、開口一番、野地が漏らした「これが、女の臀（しり）ひとつで命拾いしたという伜（せがれ）か」という一言が心に絡（から）みついていました。

馨之介は葛西家にまつわる過去の事情を探り始めます。おぼろげに判明したことは、父が十八年前に嶺岡を暗殺しようとしたが失敗し、切腹となったこと。葛西家は五十石減らされただけでお家お取り潰しを免れ、家名は残ったということでした。しかし馨之介の疑惑は膨らみます。母は息子の命のために貞操を売ったのではないか……？

馨之介は当時、嶺岡家の中間（ちゅうげん）をしていた弥五郎という男を問い詰めます。弥五郎は、嶺岡兵庫が襲われた事件の半月後の夜、嶺岡の別荘に一挺（ちょう）の駕籠（かご）がつき、武家の妻女らしき女が門の中に消えたこと、女は翌日の夜まで別荘に滞在していたことを明かしました。

そのとき馨之介の脳裡（のうり）にある記憶が蘇（よみがえ）りました。深夜に玄関先で男を見送る母の、妙になまめかしい姿でした。

疑惑が確信となり、馨之介は母を問い詰めます。母は馨之介のために嶺岡の愛人となったことを認め、馨之介は母への憎悪（ぞうお）を抑えきれず家を出るのでした。

知り合いの店で酒をあおった後、家に戻ると、母は自害していました。馨之介は嶺岡の暗殺を引き受けることにしました。

嶺岡と対峙（たいじ）したときに、憎き相手が発した言葉とは。ほかに、晩年の葛飾（かつしか）北斎の孤独を描いた「溟（くら）い海」など全五篇が収録されています。

隠居をしたら悠々自適と思っていたが……

『三屋清左衛門残日録（みつやせいざえもんざんじつろく）』（文春文庫）

家禄百二十石の御小納戸役から禄高三百二十石の用人にまで登り詰めた三屋清左衛門は、先代藩主の死去に伴い隠居します。妻は三年前に死去し、悠々自適の晩年を過ごしていました。

清左衛門は「残日録」と題した日記を付けています。これは嫁の里江が心配したような「人生の残りの日を数える」という意味ではなく、「日残リテ昏ルニ未ダ遠シ」という意味で名付けたものでした。

隠居後、最初の客は幼馴染みで町奉行の佐伯熊太でした。清左衛門に頼み事をしにきたのです。

小鹿町の菓子屋鳴戸の娘おうめは前藩主が気紛れで妾にした女でした。たった一度だけ手がついた後、ひっそりと実家に戻ったのが十年前のこと。そのおうめが身籠もったというのです。ただし相手は誰なのかが分かりません。それを知って組頭の山根備中は激怒し、藩主の威信を損なわぬために、おうめを密(ひそ)かに処分せよと言っているのです。熊太はおうめの周辺に見張りをつけており、この一件を穏便に始末してほしいと清左衛門に頼むのでした。

清左衛門が鳴戸を訪ねると、おうめの口から意外な事実が告げられます。清左衛門はおうめの気持ちに寄り添い、事を丸く収め、山根からおうめを守ることに成功しました。

この件以降、熊太は解決してほしい事件を次々と持ち込むようになります。老いとはいかなるものか、理想ともいうべき隠居後の武士の姿を描きます。

圧巻の結末に涙が止まらない

『秘太刀馬の骨』(文春文庫)

六年前、北国のある藩で、筆頭家老が何者かに暗殺される事件が起きました。現家老の小出帯刀(たてわき)は、暗殺者が幻の秘太刀「馬の骨」を遣ったことに注目し、この必殺の剣を遣う者の正体を暴き出すよう、近習頭取の浅沼半十郎に命じます。

半十郎は江戸から来た小出家老の甥・石橋銀次郎とともに、藩内の剣の達人たちを訪ね、秘剣の遣い手を探し出そうとします。やがて半十郎は、藩の公費を横領し、藩主毒殺を計画する勢力が藩内にあることを知り、この内紛に「馬の骨」を遣う剣士が深く関与していることを突き止めます。

果たして暗殺者は何者なのか。そして藩の騒動は無事解決するのか。その果てに誰も予想できない圧巻の結末が用意されている、ミステリー仕立ての連作長篇小説です。

宮本武蔵、神子上典膳、柳生宗矩が躍動する！

『決闘の辻』（講談社文庫）

三年前、宮本武蔵は熊本城主・細川越中守忠利に招かれ、禄米三百石の客分として遇されていました。しかし忠利が亡くなり、武蔵自身も死を意識するようになります。

ある日、武蔵の周辺に若侍が出没します。鉢谷助九郎という名で、かつて武蔵と戦い敗れた江戸の道場主の孫弟子だと言います。助九郎は武蔵との立ち会いを望み、その不遜な態度にかつての自分を重ねた武蔵は、立ち会いを承諾します。

武蔵は木剣を手に無造作に助九郎に近づきますが、不意に足が止まります。助九郎は予想以上の強敵だったのです。長い沈黙の後、二人は打ち合うこともなく勝負は終わりました。武蔵が引き分けの形で剣を収めたのですが、実際は、武蔵の負けでした。

果たして助九郎は武蔵に勝ったと言いふらしているのでした。武蔵敗れたり――。

助九郎は武蔵の人生に汚点をつけようとしています。武蔵は助九郎を始末すると決めるのでした。

目的を果たして江戸に戻る助九郎を武蔵は待ちます。やがて坂道を下る足音が近づいてきました。岩の上に這い上がった武蔵は「鉢谷助九郎！」と声を掛けると同時に空を飛び、武蔵の剣は助九郎の体を二つに割りました。

数日後、武蔵は霊巌寺の奥にある窟にこもります。五輪書を執筆するためでした。窟内の灯が映す武蔵の影が踊るように動いています。

ほかに将軍家剣術指南役となった小野次郎右衛門忠明が神子上典膳と名乗っていた時代を描いた「死闘」、柳生宗矩を描いた「夜明けの月影」など全五篇を収録しています。藤沢作品で唯一、実在の剣客を描いた剣豪列伝です。

藤沢周平 おすすめ読書コース

捕物帖

ミステリー小説をこよなく愛した藤沢周平は、自身もエンターテインメント性の高い作品を多く遺しました。罪を犯した人間の深淵を覗く極上の作品群。

彫師伊之助捕物覚え シリーズ

P74

版木彫り職人の伊之助は、元凄腕の岡っ引。逃げた女房が男と心中して以来、浮かない日を送っていた。藤沢周平が初めて挑んだ、新趣向の捕物帖。

霧の果て 神谷玄次郎捕物控

P75

獄医立花登手控え シリーズ

P76

小伝馬町の牢医者・立花登が柔術と鮮やかな推理で悪に迫る！

闇の歯車

P77

男の渋さにしびれる
『彫師伊之助捕物覚え』
シリーズ全三巻（新潮文庫）

彫藤で版木彫りをしている伊之助は、元凄腕の岡っ引です。女房が男と逃げ、心中してから、鬱屈した思いを抱えて生きています。

ある日、伊之助の元に、かつて伊之助に岡っ引の跡目を譲った弥八が訪れます。弥八の娘おようが失踪したので、探し出してほしいというのです。見ず知らずの子供が弥八のもとに届けた簪には「おとっつぁん　たすけて」と書かれたこよりが結ばれていました。

おようは由蔵という小悪党と一緒になったため、弥八は娘を勘当したのですが、やはり実の娘の助けを求める声は打ち捨てられないようでした。伊之助はしぶしぶ依頼を引き受けます。

伊之助は彫り師の仕事をする傍ら、おようの行方を捜し歩きます。由蔵は今は別の女と暮らしており、おようの行方は知らないと言いますが、何か隠し事をしているようです。由蔵を追うことでおようが見つかると踏んだ伊之助は由蔵の跡をつけ回します。

ある晩、由蔵は更科（さらしな）という料亭に立ち寄ります。伊之助が店から出てきた由蔵を問い詰めようと思ったそのとき、由蔵は伊之助の眼前で、ひとつきで殺されます。

由蔵は一体誰と会っていたのか。おようは生きているのか。江戸版私立探偵が活躍するハードボイルド作品です。

奉行所イチの怠け者が見せる鋭い観察眼
『霧の果て　神谷玄次郎捕物控』（文春文庫）

神谷玄次郎は直心影流（じきしんかげ）の道場で三羽烏（さんばがらす）の一人にも数えられた、北町奉行所の定町廻り同心です。しかし町廻りもサボりがちで、奉行所にも顔を出したり、出さなかったり。組屋敷にもあまり帰りません。時には揉（も）め事を内々に処理して賄賂（わいろ）を受け取る、奉行所きっての怠け同心です。当然ながら上役の覚えもめでたくありません。

　玄次郎は心に深い傷を負っていました。玄次郎の父勝左衛門も老練な同心でした。しかし十四年前に母と妹が何者かに斬殺され、事件の一年後、父は病死。奉行所では勝左衛門の跡を継いで調べを進めましたが、なぜか中断したのです。玄次郎はこの一件で、奉行所に対して強い不信感を抱き、それが態度に表れているのです。

　ある朝、小名木川に女の死体が浮きました。首を絞められたようです。死体を検分した玄次郎は、頸に残された紐の痕に隠れた小さな刺し傷を発見します。この手口は三年前の事件と酷似していました。若い娘が三人も殺されたのですが、犯人を捕らえることはできませんでした。残忍で、変質的な匂いがする手口で若い女ばかりを殺す犯罪者が江戸の町に潜んでいるのは間違いありません。

　女を殺した犯人、そして玄次郎の母と妹を殺したのは誰なのでしょうか。隠れた権力に独り挑む同心を描いた連作短篇集です。

起倒流柔術と鮮やかな推理で事件を解く

『獄医立花登手控え』 シリーズ全四巻（講談社文庫・文春文庫）

立花登は江戸小伝馬町の牢獄で囚人を診る青年医師です。羽後亀田藩の医学所上池館で医学修行を終え、江戸に住む叔父を頼りました。叔父の小牧玄庵は二十四歳で江戸に行き、独力で開業した立派な医者だと聞かされていたのですが、実際の玄庵は怠け者で、叔母の尻に敷かれ、娘のおちえは美貌ではありますが驕慢で鼻持ちならない女でした。叔父は家計と酒代を補うために小伝馬町の牢医者を勤めており、登は叔父の代診を引き受け、牢医者勤めに出ています。

牢獄には様々な人間が集まってきます。極悪人のみならず、運命に狂わされ心ならずも罪を犯した者もいます。登は一人一人の心の傷に寄り添い、事件を解決していきます。獄医という特殊な環境に身を置き、等身大に悩みながら成長していく青年の心洗われる物語です。

商家からの現金強奪。分け前は百両
『闇の歯車』（講談社文庫・文春文庫・中公文庫）

いつでもやめられると思っていた博奕からついに足を抜くことができず、その間に賭場で人を刺した佐之助は、檜物師という職も捨て、今は脅迫の仕事で喰っています。危険なひと仕事を終え、佐之助は馴染みの飲み屋に出かけます。蜆川の川端にひっそりと赤提灯をだしている「おかめ」に入ると、佐之助はいつもの場所に座り、酒を飲み始めました。

しばらくすると店に人が入ってきます。入ってきたのは小肥りの商家の旦那ふうの男でした。男は佐之助に近づくと、百両で押し込みをしないかと持ちかけてきます。佐之助は断りますが、男はなぜか佐之助の周辺を相当調べ回っているようで、不気味に思うのでした。

伊黒清十郎は静江という病身の妻がいる浪人です。静江の病状は一向によくならず、薬代にも事欠くようになります。医者は転地療養を勧めますが、そのようなお金はありません。

静江はかつて人の妻でした。道ならぬ恋に落ち、共に脱藩し、江戸に住んでいたのです。静江が痛みに苦しむ姿を見ると、清十郎は辛い気持ちになり、「おかめ」に飲みに走ります。酒を飲みに行く余裕があるなら溜っている治療代を払えと医者に嫌味をいわれても、「おかめ」で気持ちを紛らわさずにはいられないのでした。

ある日、清十郎に声をかけてきた男がいました。男は伊兵衛と名乗り、押し込みを手伝えば百両を出すといいます。もちろん清十郎は断りますが、伊兵衛は返事は急がないと告げ、消えました。

三十年以上も前に博奕のからんだ喧嘩で人を刺し、江戸払いとなったものの、五年前に再び江戸に戻ってきた弥十。弥十は元建具師。細工物の仕事で稼いだわずかな銭で、「おかめ」に飲みに出ます。伊兵衛が弥十を誘います。押し込みを手伝わないか、と。弥十は伊兵衛の申し出が本気だと感じ、承諾します。

夜具の老舗（しにせ）兵庫屋の跡取り息子、仙太郎はおきぬに別れを切り出せずにいました。おきぬは料理茶屋の仲居で、三歳年上。豊満な肉体を持つ女でした。本気で嫁にと考えたこともありましたが、離婚歴のある女を商家に入れるわけにはいきません。

そうこうするうちに仙太郎の縁談がまとまり、おきぬとは別れようと心に決めるのですが、どうしても切り出せません。煩悶する仙太郎に伊兵衛は金をやるしかないと囁（ささや）きます。「百両、耳をそろえて出したなら、別れるかも知れないね」。

佐之助、清十郎、弥十、仙太郎——。悪の歯車を回す人間は揃（そろ）いました。果たして押し込みは成功するのか、またその先にはどんな闇が口を開けているのか。運命に翻弄（ほんろう）され墜（お）ちていかざるをえない人間を静かに描きます。

藤沢周平 おすすめ読書コース

義に生きる

人間を見つめ続けた藤沢周平は、視線を歴史上の人物にも向けました。その独特の歴史観に胸が躍ります。

密謀

P82

石田三成が挙兵し、世をあげて関ヶ原決戦へと突入していく過程で、上杉勢はなぜ参戦しなかったのか。知将・直江兼続の視点で描く関ヶ原の深層。

＜

回天の門

P83

「変節漢」「山師」「出世主義者」。今なお誤解のなかにある幕末の志士・清河八郎は、庄内藩の素封家から飛び出してきた草莽の士であった。

＜

白き瓶 小説 長塚節

P84

＜

徳川家宣、家継の政治顧問として多くの業績を上げた新井白石の鬼気迫る半生。

市塵

P85

直江兼続(かねつぐ)の慧眼(けいがん)と忍びの暗躍に胸躍る
『密謀』上・下(新潮文庫)

覇権が織田信長から豊臣秀吉へと急旋回し、やがて天下分け目の関ヶ原へと向かう戦国末期は、いたるところに策略と陥穽(かんせい)が口をあけて待ちかまえていました。謙信以来の精強を誇る東国の雄・上杉で主君景勝(かげかつ)を支えるのは、二十代の若さにして知謀の将として聞える直江兼続です。景勝が豊臣家に組み込まれていく中で、秀吉に重用されていた石田三成と肝胆相照らす仲になっていきます。

秀吉の死後、徳川家康に対抗すべく、兼続は三成と密約を交わします。東西から家康を挟撃しよう――。そして三成が挙兵し、関ヶ原の合戦に突入していきますが、そこに上杉の姿はありませんでした。

関ヶ原の合戦後、上杉家は会津百二十万石から三十万石に削封、米沢に移され、食邑(しょくゆう)四分の一の処遇に甘んじます。

なぜ上杉は参戦しなかったのでしょうか。藤沢周平が創作した忍びの一団「与板の草」の活躍も読みどころです。

故郷庄内を飛び出した志士
『回天の門』上・下（文春文庫）

羽州田川郡清川村で酒屋を営む豪農斎藤家の嫡子として生まれた斎藤元司。元司は十歳で鶴ヶ岡城下の伯父の家に預けられ、私塾に通いました。しかし三年後、「〝ど不敵〟」の性格ゆえに破門されます。失意の元司の心を動かしたのは、斎藤家の食客となった旅の絵師、藤本竹洲でした。竹洲は元司に絵画だけでなく、時勢をも伝えたのです。

竹洲に刺激を受けた元司は、決められたレールに乗って旧家の跡継ぎに収まることを疎み、江戸に出奔。村の名をとって清河八郎と改め、塾を開きました。ペリーが来航し開国を迫って以降、江戸幕府の弱腰を目の当たりにした清河は、尊皇攘夷に傾倒していきます。

塾生は「虎尾の会」を結成し、尊皇攘夷運動に驀進します。そのなかには山岡鉄太郎ら幕臣の姿もありました。倒幕は必定と決意した直後、同志や清河の家族が捕吏に捕らえられます。

清河は各地を転々と逃げ回りながら、得意の弁舌で倒幕の同志を集めていきます。さらに天皇の親兵を作るという真意を隠し、のちに将軍上洛の警護にあたることになる浪士隊の結成を幕閣に進言するのです。

幕末最大の策士とも言われる清河八郎を、藤沢周平は「草莽の志士」と評し、その生涯を描きます。

短い生涯を旅と作歌に捧げた希有な歌人

『白き瓶　小説　長塚節』（文春文庫）

名作『土』の作家であり、正岡子規の弟子でもある長塚節。正岡子規を中心とする根岸派の中で、長塚節は伊藤左千夫と並んで最も注目されている歌人でした。

体が弱く、不眠症に悩まされた長塚は水戸中学校を中退し、病に苦しみながらも四国、九州と旅をし、歌を作り続けました。そして三十七歳、肺疾患で生涯を終えます。清潔な風貌とこわれやすい身体をもつ彼は、みずから好んでうたった白埴の瓶に似ていたかもしれない――。膨大な資料をもとに、希有な歌人の生涯を静謐な文章で綴ります。第二十回吉川英治文学賞を受賞。

貧しい浪人が天下の中枢に登り詰める

『市塵』上・下（**講談社文庫**）

甲府藩主徳川綱豊に進講するため甲府藩邸を訪れた新井白石は、用人の間部詮房から綱豊が将軍職を継ぐことが間違いなくなったと知らされます。間部は白石に、新しい政治の形を作るために力を貸してほしいと頼みます。

綱豊は家宣と改名し、五代将軍綱吉が逝去すると第六代将軍となります。綱吉の葬儀が進む中、白石は急務三箇条を進言します。家宣は白石に、綱吉の亡骸を納める石棺の銘文や、将軍死去に伴う大赦の方式、財政再建策などについて意見を求めました。

白石は次第に政治顧問としての地位を確立していきます。屋久島で捕らえられた宣教師シドッチの尋問、武家諸法度の改正、朝鮮通信使の接遇改正、正徳新令の発布などで白石は重要な役割を果たし、家禄は千石に加増されます。

一方、家宣の体調は徐々に崩れ始め、ついに血の気を失って昏倒しました。白石は家宣が存命の間に、一計を巡らせ政敵を排除します。そして家宣の死後、七代将軍家継のもとでも引き続き間部と共に政権を担います。

儒学者でありながら政治家として抜群の手腕を発揮した白石の生涯を描く、第四十回芸術選奨文部大臣賞受賞作です。

人生に効く！ 藤沢周平の名言

橋ものがたり、たそがれ清兵衛(せいべえ)、蟬(せみ)しぐれ……。ごく普通の人々の小さな幸せ、ほんの少しの後悔、心に秘めた悪意など、繊細な人間の機微を描き続けた藤沢周平。その作品に登場する人物の台詞(せりふ)は思いやりに満ちた名言にあふれている。藤沢の小説やエッセイに登場する、名言をご紹介しよう。

■海坂(うなさか)藩ものの名言

□『蟬しぐれ』の名言

『蟬しぐれ』は海坂藩を舞台に少年剣士の成長を描いた、藤沢文学の金字塔。

文四郎は海坂藩士・牧助左衛門の養子で、十五歳。城下のはずれにある組屋敷に養父母と暮らしている。文四郎には小和田逸平、島崎与之助という親友がいる。ともに同じ塾で学び、道場で竹刀(しない)を振るい、いつも三人一緒だった。青春を謳歌(おうか)していた文四郎に突然の不幸が訪れる。

牧助左衛門の名言

文四郎はわしを恥じてはならん

『蟬しぐれ』

助左衛門が藩主の後継をめぐる政争にかかわり、反逆者の汚名を着せられる。文四郎は切腹前の助左衛門と一度だけ対面を許された。助左衛門は私欲ではなく義のためにやったことだと話し、「わしを恥じてはならん」と諭した。父の言葉の重さと深さに、文四郎は何も言えなくなる。今後、文四郎は罪人の子として苛酷な人生を歩くことになる。だからこそ、助左衛門は、恥じるなと言い遺した。いつか、父の正義がわかる日が来る。胸を張って生きてゆけと。父の言葉を胸に、文四郎は歯を食いしばって数々の苦難を乗り越える。

小和田逸平の名言

人間は後悔するように出来ておる

『蟬しぐれ』

文四郎は寡黙で男らしい父を心から敬愛していた。死にゆく父にその思いを伝えられなかったことを、文四郎は悔いた。失意の底にいる文四郎に、逸平は存分に泣けと声をかける。そして、「人間は後悔するように出来ておる」と言った。友の言葉は文四郎の胸にしみ入り包み込む。友に見守られながら流した涙は心の鬱屈を軽くする。苦境に立たされたとき、寄り添い支えてくれる友の存在は、文四郎にとって人生の宝だった。

牧文四郎の名言

**それが出来なかったことを、それがし、生涯の悔いとして
おります**

『蟬しぐれ』

文四郎は十五歳、ふくは十二歳。ふたりは隣同士の幼馴染み。ふくは色白で物静かな娘だ。ある夏の朝、屋敷裏の小川で、ふくが蛇に嚙まれる。文四郎はふくの中指を吸ってやった。ふたりの心に淡い想いが灯る。しかし、ふくは江戸へ上り藩主の側室・お福さまとなる。幼い恋は終わりを告げるが、結ばれた縁は消えなかった。

五年の後、派閥抗争が激化し、藩主の子を産んだお福が狙われる。文四郎は命がけでお福を守りぬき、かつての父の汚名も雪いだ。さらに二十年余、郡奉行となった文四郎は、髪を下ろし尼寺に入るお福と再会する。ともに人の親になったふたりは、かえらぬ昔に思いを馳せる。お福は、文四郎の子供が自分の子供であるような道はなかったのかと呟いた。文四郎は、それが出来なかったことが生涯の悔いであると告げる。

運命に翻弄(ほんろう)され、行き違ったふたりの恋。ようやく、文四郎とお福の想いが重なりあった。

お福の名言

この指を、おぼえていますか

『蟬しぐれ』

お福は右手の中指を示し、「おぼえているか」と問いかけ、「蛇に嚙まれた指です」と言った。それは、ふたりにとって忘れられない思い出だった。過ぎて帰らぬ恋。ただ、一度だけ結ばれて、再び道は分かたれる。「これで、思い残すことはありません」。お福は文四郎に別れを告げて、軽やかに去って行った。

遠い昔、父の遺体を乗せた重い荷車を、ふくは一緒に引っ張ってくれた。涙を零(こぼ)しながら一心に力を込める少女の横顔を、文四郎は思い出したかもしれない。少女のふくも生涯で一度の逢瀬(おうせ)も、文四郎の胸に刻み込まれ、耳を聾(ろう)する〝蟬しぐれ〟とともにある。

□『たそがれ清兵衛』の名言

風采の上がらぬ下級武士が、いざというときに卓絶した剣技を見せる。『たそがれ清兵衛』は、無名の剣士たちの活躍を描いた短篇集。

下城の太鼓が鳴るたそがれ時。勘定組の井口清兵衛は誰よりも早く詰め所を出る。妻の奈美が労咳を病み、その看病をしながら家事をこなすためだ。ひげも月代も伸び加減で、衣服は少々垢じみている。寡黙で飄々とした清兵衛だが、剣を取れば無形流の遣い手である。

> 奈美の名言
>
> **少し美食に飽きました**
>
> 「たそがれ清兵衛」『たそがれ清兵衛』

清兵衛の剣の腕を見込んだ家老の杉山頼母は、藩政を牛耳る堀将監の上意討ちを命じる。加増や褒美を持ちかけても承知しない清兵衛に、杉山は妻の養生の援助を約する。役目を引き受けた清兵衛は、一撃で将監を討ち果たした。

清兵衛はいかなる褒賞にも興味はなかった。病妻を湯治に連れて行くことだけが望みだった。湯宿で養生する妻は少しずつ元気になってゆく。奈美は「家が恋しゅうござります」と笑顔を見せ、「少し美食に飽きました」とも言う。清兵衛は「それなら家にもどるしかないの。おのぞみの粗食をつくってやるぞ」と、珍しく冗談を言った。何気ない会話に垣間見える、贅を好まず〝普通の暮らし〟を良しとする、夫婦の恬淡とした生き方が清々しい。

□『三屋清左衛門残日録』の名言

『三屋清左衛門残日録』は、現役から退いた老武士の第二の人生と「老いの境地」を描いた長篇小説。

三屋清左衛門は五十二歳で隠居した。先代藩主の逝去を機に、長男の又四郎に家督をゆずったのだ。悠々自適の毎日のはずが、幼馴染みの町奉行・佐伯熊太が持ち込む厄介事を解決するうちに、藩内の政治抗争に足を踏み入れる。

三屋清左衛門の名言

日残リテ昏ルニ未ダ遠シ

「醜女」『三屋清左衛門残日録』

長年勤めた用人という激務から解放された清左衛門は、安堵のあとに強い寂寥感に襲われる。心には世間から隔絶されたような空白感があった。隠居とはこれまでの習慣を変え、新たな生活を始めることだと思い至る。清左衛門は「残日録」という日記を書き始めた。又四郎の嫁・里江は「残日録」という名称がもの寂しげなことを心配するが、清左衛門は「日は傾いたが日暮れまでは間がある」という意味だと説明する。それは、新しい習慣で空白を埋めていくという決意表明でもあった。

三屋清左衛門の名言

若いころはさほどに気にもかけなかったことが、老境に入ると身も世もないほどに心を責めて来ることがある

「高札場」『三屋清左衛門残日録』

安富源太夫が高札場の前で腹を切った。佐伯は清左衛門に真相究明を依頼する。源太夫は若いころ、出世のために「友世」という女子を捨てた。しかも、友世は若死にしたという。清左衛門は、「友世への悔恨の念」がふくれ上がり、源太夫を切腹に追い込んだと考えた。老境に入ると、若き日の行いが心を責める日がある。清左衛門も心の痛みに悪夢を見る夜があった。ところが、友世の実情はまるで違うもので、呆然(ぼうぜん)とした清左衛門は探索の自信を失いかける。そして、源太夫に老境の悲哀を感じたのである。

三屋清左衛門の思い

衰えて死がおとずれるそのときは、おのれをそれまで生かしめたすべてのものに感謝をささげて生を終ればよい。しかしいよいよ死ぬるそのときまでは、人間はあたえられた命をいとおしみ、力を尽して生き抜かねばならぬ

「早春の光」『三屋清左衛門残日録』

同年の友人、大塚平八が中風で倒れた。清左衛門は平八の見舞いに向かう。帰る途上、体が不自由になった友の無気力な顔を思い、清左衛門の気持ちは沈んだ。しかし、後日訪ねてみると、平八は杖（つえ）をたよりに歩く練習を始めていた。懸命に歩く平八に清左衛門の胸は波立つ。「力を尽して生き抜かねばならぬ」。隠居して老いを意識したが、道場や私塾に通い、釣りを楽しみ、ときに厄介事を解決し、清左衛門の心には少しずつ生気が蘇（よみがえ）っていた。そして、平八の命の輝きを見て、さらに生きる勇気が湧（わ）きあが

る。〝老いる〟とはいかなることか。清左衛門が到達した境地は決して虚無ではなかった。

□『秘太刀馬の骨』の名言

『秘太刀馬の骨』は、密かに継承されているという秘剣「馬の骨」とその遣い手を探索するミステリー仕立ての長篇。

六年前、望月家老の暗殺に遣われた秘太刀「馬の骨」。近習頭取の浅沼半十郎は筆頭家老の小出帯刀から、甥の石橋銀次郎を支援して、「馬の骨」の遣い手を探すよう命じられる。銀次郎は、継承者と思われる剣客たちと立ち合い、太刀筋から「馬の骨」を見極めようと試みる。

半十郎の名言

おぬし、今日の試合で心おきなく闘ったか。妻女に対して男らしく勝負したと言えるか

「拳割り」『秘太刀馬の骨』

試合を拒む剣客の弱みを握り、脅迫して立ち合う銀次郎に半十郎は嫌悪感を覚える。「馬の骨」に対する銀次郎の執心ぶりは凄まじく、したたかに打たれ怪我を負っても、血塗れになっても諦めない。やがて半十郎も「馬の骨」探しに引き込まれていく。

銀次郎と立ち合うことで、剣客たちが抱える事情にも変化が起こる。長坂権平は御前試合の無気力ぶりから家禄を減らされ、妻の登実は愛想を尽かして実家に戻っていた。権平は家禄を戻すことを条件に銀次郎と立ち合うが、本気を見せないまま敗北する。半十郎は男らしく勝負したかどうか権平に問い、これでは登実も戻れないと迫る。奮起した権平は銀次郎を一撃で吹っ飛ばす。半十郎は銀次郎を伴い登実を訪れ、権平の男らしさを熱心に説いた。そして、大怪我をした銀次郎を励ましながら帰途につく。

杉江の名言

ずいぶん手間どりました。さあ、はやく帰って旦那さまのお夜食を支度せぬと……

「走る馬の骨」『秘太刀馬の骨』

半十郎は妻女杉江の気鬱に悩まされていた。一年ほど前に長男を病気で亡くしてから、杉江は人が変わったようになり、何かと半十郎を責め立てる。不安定な杉江に辟易しながら、半十郎は辛抱強く妻を支える。

半十郎が「馬の骨」の真相を摑んだ頃、杉江も己の心の傷と対峙していた。出先で遭遇したある事件で、刀を振りかざす浪人者を一撃で倒し、捕らわれていた子どもを救ったのだ。息子を救えなかった自分を許せず、夫を責め、苦しんできた日々。杉江は苦悩の日々もその一撃で斬り捨てた。「ずいぶん手間どりました」と呟く杉江の顔は、生き生きとしていた。すべての霧は晴れたのだ。

■市井人情ものの名言

□『橋ものがたり』の名言

江戸の橋で人は出会いと別れを繰り返す。「橋」が織りなす人生の機微を描いた短篇集。

幸助の名言

五年経ったら、二人でまた会おう

「約束」『橋ものがたり』

錺職人・幸助の奉公先に、幼馴染みのお蝶が訪ねて来た。家の商売が傾き、引っ越すことになり、お蝶も奉公に出るという。お蝶は別れを告げに来たのだ。幸助はお蝶のいじらしさに胸がいっぱいになった。二人は五年後に小名木川に架かる萬年橋で会う約束をした。幸助は十六歳、お蝶は十三歳。その約束を心の支えに、二人は日々を送った。

五年後、幸助は萬年橋の上でお蝶を待っていた。約束の時刻が過ぎても、お蝶は現れない。お蝶が覚えているとは限らない。覚えていても、来ないかもしれない。五年の間には、人も変わるのだ。それでも、幸助は待ち続ける。

お蝶は橋へ行くのを迷っていた。二年前から、金で客と寝る女になっていたのだ。「あたしは、会いに行く資格がない」。諦めかけたお蝶に女中仲間のお近が言葉をかける。まともな道に戻れる機会は、そうたびたび訪れはしないと。お近はお蝶が堕ちて行くのを見たくなかった。それでもまだ、お蝶は立ち上がれない。二人が再会を約束した萬年橋は、別れの橋になってしまうのか――。

斧次郎(おのじろう)の名言

永代橋のこっちに、俺がいることは、もう忘れるんだぜ。どんなことがあろうと、橋を渡ってきちゃならねえ

「赤い夕日」『橋ものがたり』

おもんは博奕(ばくち)打ちの斧次郎に育てられたが、十六のとき、男と女の仲になった。夜は夫婦のように、昼間は親子のように暮らした。そうして、一年ほど経ったとき、斧次郎は、おもんを女中奉公に出した。自分は先が短い、若くて活(い)きのいい男を見つけて幸せになれと。斧次郎が見越したとおり、奉公に出て三月で太物商若狭屋(わかさや)の主人に見初められた。斧次郎はおもんに自分を忘れるように、そして二度と永代橋を渡るなと言った。

五年後。おもんは斧次郎が危篤(きとく)だという知らせを受け、禁じられた永代橋を渡る。橋の向こう側に置き去りにした、大切な人と思い出に会うために。

□『よろずや平四郎活人剣』の名言

江戸時代後期、水野忠邦が「天保の改革」を推し進めていた頃。旗本の四男坊があらゆる揉めごとを解決し、獅子奮迅の活躍をする。

神名平四郎は知行一千石の旗本の子弟だが、内実は妾腹の子で、冷や飯食いの厄介者だ。実家を飛び出し一人暮らしを始めたが、さっそく騙され困窮する。そこで、ある珍商売を思いつく。

平四郎の名言

世に揉めごとの種は尽きまじ、だ

「辻斬り」『よろずや平四郎活人剣』

実家を出た平四郎は、道場仲間の明石半太夫と北見十蔵の三人で、町道場を開くことにする。ところが、明石に道場を開く資金を持ち逃げされる。北見が溜息まじりに呟いた。「世の中、揉めごとというものは絶えんものだの」。この言葉を聞いた平四郎に天啓が閃いた。世の中には、自分たちと同じように揉めごとを抱えて、困っている人がいるに違いない。その収拾に金を払う人間がいてもおかしくない。「まず隗より始めよ、かな」。平四郎は裏店に「よろずもめごと仲裁つかまつり候」の看板を掲げた。

平四郎の名言

昼の間ちょっと町を歩いたぐらいでは真相はわかりませんぞ。夜になるといかに世間に活気がないか、ひと眼でみてとれます

「伝授の剣」『よろずや平四郎活人剣』

仲裁稼業を始めたものの、ぜんぜん客が来ない。人は揉めごとに、すぐには金など出さない。平四郎は世の中が塩からいことを思い知る。それでも少しずつ仕事の依頼が増え、何とか糊口をしのいでいた。公儀目付を務める兄・監物も厄介事を持ち込んでは、平四郎をタダでこき使った。神名家の家禄は一千石だが、暮らし向きが楽なわ

けではない。諸式は高騰（こうとう）する一方だと、監物は愚痴る。老中・水野忠邦が倹約令を推進したため、江戸の町は火が消えたような不景気になっていた。金が動くことで、暮らしが活気を帯び、市民の活力も呼び起こされるというものだ。倹約、倹約だけでは、人の気持ちは萎（な）え、世の中も陰気になっていく。この改革には人の自然な気持ちを無視した無理がある。水野が進める改革に強い反感を持つ勢力の存在もわかるような気がする。平四郎はそう思った。

平四郎の名言

逃げて、おれの家に来ぬか。あとの面倒は引き受ける。何を隠そう、おれの商売というやつが、それに類した仕事なのだ

「襲う蛇」『よろずや平四郎活人剣』

かつて、平四郎には許婚（いいなずけ）がいた。塚原という三百石の貧乏旗本の娘で早苗といっ

た。平四郎は十九歳、早苗は十四歳だった。しかし、塚原家は本家の不祥事に連座して改易となり、早苗との縁談も流れた。仲裁稼業をするなか、平四郎は偶然、早苗の消息を知る。

早苗は御家人・菱沼惣兵衛の妻になっていた。菱沼は裏で高利貸しを営み、塚原家の莫大（ばくだい）な借金のカタに早苗を手に入れた。平四郎は早苗に「逃げて、おれの家に来ぬか」と言葉をかける。果たして平四郎は得意の弁口と閃きで、早苗を取り戻すことができるのか。

□『霧の果て─神谷（かみや）玄次郎捕物控』の名言

北町奉行所の定町廻り同心が、江戸の町で起こる事件を次々と解決していく連作短篇集。

神谷玄次郎は北の定町廻り同心。直心影（じきしんかげ）流の遣い手で腕は立つが、見回り仕事を怠けては、小料理屋よし野に入り浸っている。そのため、奉行所きっての怠け者と思われ、上役や同僚の間でひんしゅくを買っている。しかし、事件となれば鋭い勘と卓越した推理力で眼の覚めるような解決ぶりをみせる。

玄次郎の名言

野郎だ。帰って来やがったぜ

「針の光」『霧の果て』

絞め殺された娘の死体が小名木川に浮かんだ。玄次郎は娘の頸に針で刺したような傷跡を見つける。それは、三年前に若い娘が連続して殺された事件と同じ手口だった。犯人は捕まっていない。「多分、野郎だ。今度は前のような真似はさせねえ」。

十四年前、玄次郎の母と妹は何者かに斬殺された。父・勝左衛門が追っていた犯罪に関わりがあるらしい。気落ちした勝左衛門は一年後に病死した。捜査は打ち切られ、事件は闇に葬られた。玄次郎の怠惰は奉行所への不信感からだった。だが、無惨に殺された娘の顔に、母と妹の顔が重なった。何としても、犯人を捕まえてやる。玄次郎は調査に乗り出す。

玄次郎の名言

みんな欲だ。てめえの欲のためには、人間かなりひでえことも平気でやるもんらしいぜ

「霧の果て」『霧の果て』

母と妹を殺してまで父を牽制（けんせい）したかったのは、誰なのか。父が探索していた犯罪とは何だったのか。玄次郎は濃い霧に包まれていた謎（なぞ）を丹念に解き明かし、真相に迫っていく。やがて霧が晴れ、欲にまみれた悪党が浮かび上がった。すべての決着をつけるため、玄次郎は黒幕のもとへ向かう。

霧の果てに見えたのは、玄次郎にとってかけがえのない世界だった。まっとうに生きる人たちが、肩を寄せ合って暮らす町。玄次郎が安らげる唯一（ゆいいつ）の場所だ。

□『天保悪党伝』の名言

お江戸を賑（にぎ）わす悪党たちが活躍する連作長篇。藤沢版「天保六花撰（ろっかせん）」。

ゆすりたかりの河内山宗俊、博奕打ち片岡直次郎、金のためなら辻斬りも厭わぬ金子市之丞、抜荷稼業の森田屋清蔵、元料理人の小悪党くらやみの丑松、そして吉原の花魁三千歳。宿命を背負った六人の「悪」と「色」が絡み合う。

河内山の名言

たかが二十俵二人扶持のお城坊主と見くびっちゃいけねえよ。微禄なりとも天下の直参だ。いざとなれば十八万石と対等にたたかうぜ。どうだい、一丁抱っこんで心中してやろうか

「蚊喰鳥」『天保悪党伝』

直侍こと片岡直次郎は八十俵取りの御家人だが、勤めもせずに博奕三昧。吉原の人気花魁三千歳に入れあげている。金がなくて、もう半月も三千歳に会っていない。直次郎は、悪仲間の河内山宗俊に泣きついた。河内山は悪名高い奥坊主、ゆすりたかり

で喰っている。得意の騙り仕事を請け負ってきた。相手は松江藩松平家十八万石。さすがの直侍も青ざめた。

河内山は上野輪王寺宮の御使者道海と偽り、松平屋敷に乗り込んだ。万事首尾良く運ぶかに見えたが、土壇場で河内山の化けの皮が剝がれてしまう。そのとき河内山は少しも慌てず、ほれぼれする啖呵を切った。相手も脛に傷持つ身。河内山にすべてを暴露されては一大事だ。ついに、松平を騙り倒して百両を手に入れた。しかし、直次郎への報酬はたったの五両だった……。

直次郎の名言

おれも悪なら、金子市も悪。おれたちはそのようにしか生きられねえのだ。おめえがいちいち気に病むのはよしな。いいか

「三千歳たそがれ」『天保悪党伝』

三千歳に惚れた男は直次郎だけではない。神道無念流の道場主・金子市之丞は三千歳に会う金を稼ぐために辻斬りに堕ちる。森田屋清蔵は一度は三百両で三千歳を身請けした。三千歳の心は移り気だ。懐ひろい森田屋を慕い、誠実な市之丞に真底惚れ、間夫気取りの直次郎に愛想を尽かした。

しかし、森田屋は姿を消し、市之丞は捕縛される。愛した男はみな破滅の道をゆく。三千歳ももう若くはない。いずれ容色が衰えたときを、三千歳は覚悟していた。すべてが虚しくなった三千歳は気鬱の病にかかる。ある日、医者からの帰り道、久しぶりに直次郎と出会う。直次郎は金子市はもう戻れないと告げる。そして優しい言葉で三千歳をいたわった。

■シリーズものの名言

藤沢周平のシリーズものは、剣客の活劇、お家騒動、夫婦の機微、江戸が舞台の捕物帳など、バラエティー豊かだ。そのどれもが娯楽性に富み、それでいて人生に関する鋭い洞察力に満ちている。

□『彫師伊之助捕物覚え』の名言

江戸の下町を舞台に、元岡っ引が様々なしがらみで事件を追うことになる。江戸のハードボイルドと呼ばれた長篇シリーズ。

版木彫り職人の伊之助は、かつて凄腕（すごうで）の岡っ引だった。女房のおすみが男と逃げて心中したのを機に、岡っ引をやめて鬱々と暮らしている。ある日、元岡っ引の弥八から、失踪（しっそう）した娘おようを探してほしいと頼まれる。

伊之助の名言

もう一度所帯を持つとしたら、相手はおめえしかいねえと決めていた

『消えた女』

伊之助には、飯屋を切り盛りしている、おまさという幼馴染みがいる。おまさといると、気がほぐれるように楽しかったが、二度と所帯を持つ気はなかった。おすみに裏切られてから、胸の奥深くに、女に対する嫌悪感があった。

伊之助はおよう捜しをためらっていた。職人の暮らしに慣れ、億劫だった。そして、危険も伴う。おまさに迷う気持ちを話すと、「捜すだけなら、やってあげたら？」と背中を押してくれた。それで踏ん切りがついた。伊之助はおよう捜しに本腰を入れる。

聞き込みを続けるなか、一人の男が浮かび上がる。おまさの店に出入りする若い職人だった。おまさは淋しさから、その男と間違いを犯していた。伊之助に問い詰められ、胸にしまってきた思いをぶちまける。伊之助に恋い焦がれていたのに、好いては

くれなかった。心が通い合ったと思ったのは、勘違いだった……。そう言って涙を流すおまさに、ようやく伊之助は本心を打ち明ける。そして、おようが見つかったら、所帯を持とうと告げるのだった。

高麗屋の名言

金の取り引きなら、はじまりも欲、金をつかめばつかんだ金にまた欲が出るから、約束を破ってまでしゃべろうとはしないものです

『消えた女』

およう失踪の裏には、材木商の高麗屋の暗躍があった。伊之助は単身、高麗屋のもとに向かう。高麗屋は伊之助にいくらほしいのかと聞くが、「金じゃねえんだ」と切り返す。高麗屋は金で動かない人間はむしろ信用できないという。失敗した、と伊之助は思った。伊之助は覚悟を決めて、この悪党と対峙する。

□『用心棒日月抄(じつげつしょう)』の名言

脱藩して江戸で用心棒稼業に身を投じた浪人が、赤穂(あこう)浪士の仇討(あだう)ちに巻き込まれていく。ユーモアを交えて書かれている『用心棒日月抄』は人気を博し、後にシリーズ化された。

北国の小藩で百石取りだった青江又八郎は、筆頭家老が藩主毒殺を企てていることを知り、陰謀に加担していた許婚・由亀(ゆき)の父親を斬って国元から出奔する。追われる身となった又八郎は、江戸の裏店で浪人暮らしを始める。

> 青江又八郎の名言
>
> いずれ、あのひとがやってくるだろう
>
> 「犬を飼う女」『用心棒日月抄』

生きるためには食わねばならない。身すぎ世すぎのため、又八郎は口入れ屋を訪れる。紹介されたのは、商人の妾(めかけ)が飼っている犬の用心棒だった。たかが犬の守り役と思った仕事が意外な展開をみせ、又八郎の活躍で犯人が明らかになる。仕事の帰途、又八郎は刺客に襲われ、返り討ちにする。国元から口封じのため送られた討手(うって)だった。これからも次々と刺客が現れるだろう。しかし、又八郎は死ぬわけにはいかなかった。許婚の由亀が父の敵(かたき)を討ちにやってくるまでは……。又八郎はその日まで生きると心に決め、由亀の顔を思い浮かべた。

大石内蔵助(くらのすけ)の心情

吉良には気の毒だが、復讐(ふくしゅう)をとげることで、故内匠頭(たくみのかみ)はいい家臣を持ったと言われ、また浅野家にも人がいたとも言われることになろう。殿様の短気で潰(つぶ)れた藩に対する軽侮は、やがて賞讃(しょうさん)にかわるだろう

「内蔵助の宿」『用心棒日月抄』

腕に覚えのある又八郎は、いきおい用心棒の仕事が多くなる。用心棒仕事をこなす

うちに、巷間を騒がした「赤穂事件」に関わりを持つこともあった。ある日、川崎平間村に滞在する武士の警護を斡旋される。出向いてみると、警護相手は赤穂藩の元首席家老、大石内蔵助だった。

宿で寛ぐ内蔵助は物思いにふけっていた。亡君の刃傷沙汰を「一時の短気」と冷静に分析し、幕府の処分は正当と判じた。その上で、死んだ内匠頭と浅野家中を世間の物笑いから救うため、吉良を討たねばならぬと考えていた。吉良邸に討ち入る光景を思い描きながら、内蔵助はその時を待っていた。

青江又八郎の思い

武家勤めも、辛いからの

「最後の用心棒」『用心棒日月抄』

赤穂浪士が本懐を遂げた日、又八郎は国元に発った。帰国は家老と対立する中老の命だった。途中、女刺客の襲撃を躱し、家老の縁者という大富静馬と剣を交え、ようやくわが家へと辿り着く。そこには、許婚の由亀が待っていた。ほどなく、家老の陰謀が暴かれる。藩に復帰した又八郎は、浅野浪人四十六人の切腹を知る。禄をもらえば、義理を立てねばならぬ。武家の勤めは辛いものだ。江戸での用心棒稼業は命がけでも自由があった。又八郎の胸に、懐かしい日々がよみがえった。

□『獄医立花登手控え』の名言

江戸小伝馬町の牢獄につとめる青年医師が、囚人の持ち込む相談事や事件を解決しながら成長していく。

立花登はひとかどの医者になるため、故郷を出て江戸で開業する叔父・小牧玄庵を頼った。しかし、叔父は酒飲み、叔母は口やかましくて金銭に細かい。従妹のおちえは美貌だが遊び好きで驕慢だ。家では叔母とおちえにこき使われ、怠け者の叔父に代わって小伝馬町の牢医者を勤めることになる。登は根っからの悪党にも、心ならずも罪を犯した弱者にも、隔てなく医術を尽くす。そして、ひとたび難題が持ち上がれば、解決に奔走するのだった。

立花登の名言

囚人といっても、大方は親も子もある人間ですからな。土橋さんのおっしゃるようなお気持で、病気も手当てされるのが肝要のことでしょうな。われわれの仕事は、法の裁きとは別のことですから

「落葉降る」『春秋の檻(おり) 獄医立花登手控え(二)』

罪を犯した囚人たちは様々な事情を抱えていた。登は彼らの願いや悩みを見過ごせず、その人生に関わり、たびたび難事件に巻き込まれた。二十年以上も牢医者を勤めてきた矢作幸伯(やはぎこうはく)に、割り切らないと、この仕事は続かないと忠告されたこともあった。ある夜、見習い牢医者の土橋桂順が、牢獄というところは、奇妙な場所だと登に語りかけた。一見して極悪人といった者もいれば、分別ありげな者もいる。「ひとに罪を犯させるのは何か──」。そう考えたのだと言う。登も見習いの頃、似た思いを抱い

ていた。しかし、仕事に慣れてくると、だんだんに気持ちが動かなくなってしまう。牢に繋（つな）がれているのは罪人である。しかし、罪人にも親はいる。妻や子もいるかもしれない。心ならずも罪を犯して、悔恨の情に苛（さいな）まれる者もいるだろう。罪人にも人間の心はある。たとえ斬首となる罪人であっても、病に苦しんでいれば、手を尽くして癒（い）やしてやりたい。「われわれの仕事は、法の裁きとは別のことですから」——登は自分に言い聞かすように、土橋に返した。

立花登の名言

それでいいんだ。むかしのことは忘れた方がいい。人間、いろいろとしくじって、それを肥（こや）しにどうにか一人前になって行くのだからな

「別れゆく季節」『人間の檻　獄医立花登手控え（四）』

かつて、従妹のおちえは手の付けられない不良娘だった。筆師の娘おあきとつるん

で夜更けまで遊び歩いていた。しかし、ある事件で人質として誘拐され、登に救われたのを契機におちえは変わった。悪い遊び仲間から抜けて、性質も素直になり、稽古事にも熱心に励んでいる。

ある日、囚人の兼吉が登に伊勢蔵を知っているかと問いかけた。伊勢蔵はおあきの情夫だった男で、牢内で殺人を犯し、逃走しようとしたところを登に捕まり、すでに死罪になっている。伊勢蔵は凶悪な盗賊「黒雲の銀次」の一味で、奉行所の迅速な取り調べにより、銀次も捕縛された。兼吉は銀次の縁につながる者で、赦免になったら登を狙うと脅す。そして、伊勢蔵を密告した、おあきも殺すと言う。登はおあきの密告を否定するが、兼吉は聞く耳を持たなかった。

登はおあきの身を案じ、行方を捜索する。おあきは一年前、豆腐屋に嫁いでいた。山猫のようだった娘は、穏やかな笑顔が似合う若女房に変わっている。よく立ち直ったものだと、登の胸は熱くなった。猫をかぶって結婚したと笑うおあきに、「むかしのことは忘れた方がいい」と登は言った。

人は成長して変わっていくのだ。その過程でしくじりもするし、あやまちも犯す。それを肥やしにして一人前になればいい。登もおちえも失敗を重ねながら、少しずつ成長してきた。「――若さにまかせて過ぎて来た日々は終って、ひとそれぞれの、もはや交ることも少ない道を歩む季節が来たのだ」。登は医師として、新たな一歩を踏み出そうとしていた。

□『隠し剣孤影抄』の名言

名も無き剣士がやむにやまれぬ事情から秘剣を遣って闘いに挑む。非凡な剣とその遣い手をめぐる剣客短篇集。

満江の名言

こわかったらお断りなさいまし。そんな危い役目を引き受けることはございません

「臆病剣松風」『隠し剣孤影抄』

満江は仲人から聞いた鑑極流の秘伝の継承者であるという言葉に動かされ、瓜生（うりゅう）新兵衛の元に嫁いだ。しかし、五年の暮らしで、満江は新兵衛をひ弱な臆病者と見定め

た。夫を軽侮する気持ちから、見栄え(みば)の良い従兄の誘惑に堕ちそうになるが、なぜか新兵衛の貧相な顔が浮かび、思いとどまる。

その頃、藩主の家督相続をめぐる争いが激化し、新兵衛は世子の警護を命じられる。戸惑い怯(おび)える夫の顔を見て、満江のなかに夫への愛(いと)しさがこみ上げる。こわかったら、断ればいい。夫を怯えさせる理不尽なものに、真底から腹を立てた。満江は知らなかったのだ。新兵衛が本当に秘剣「松風」の遣い手であることを。

小関十太夫の名言

おのれが一分を立てるために、男は死を賭(と)さねばならんこともある

「宿命剣鬼走り」『隠し剣孤影抄』

小関十太夫と伊部帯刀(たてわき)は、若き日に剣を争い、女を争い、老いては政争の相手として対峙した。いまは、二人とも隠居の身である。十太夫の息子、鶴之丞(つるのじょう)が帯刀の息子、

伝七郎と果し合って命を落とした。妻の浅尾は、息子を果たし合いに行かせた十太夫を責めた。十太夫は、果たし合いは「男の一分」であると妻に言い聞かせる。

しかし、伝七郎は卑怯な手段で、鶴之丞を騙し討ちにし、自身は生き残っていた。帯刀との確執が深まり、小関家に不幸の連鎖が始まる。娘は帯刀の息がかかった部下に討たれ、次男は伝七郎を斬って自刃する。すべてを失った十太夫は、帯刀に果たし状を送る。二人の闘いは「男の一分」を立てるためなのか、それとも抗えない宿命なのか。

■歴史小説の名言

□『密謀』の名言

上杉謙信の後継者景勝と智将直江兼続の主従を軸に、豊臣から徳川へと天下が移る激動の戦国末期を活写する。

織田信長を倒した明智光秀を秀吉が討ち、さらに織田の宿老との抗争に勝利する。天下の形勢が二転三転するなか、越後の雄・上杉では、弱冠二十五歳の直江兼続が主君景勝を支えていた。兼続は明敏な頭脳の持ち主であるだけでなく軍事の才も有する〝智謀の将〟であった。景勝は兼続より五つ年上の三十歳、五体からつねに精気が発散する印象がある反面、極端にもの静かな武将。謙信以来の上杉の正統を守っていた。兼続は少年時代から景勝のそば近くに仕え、二人は深い信頼関係で結ばれた主従であった。

石田三成の名言

おぬしがそこまで腹を決めれば、あとはわしが何として
でもまとめる。上杉に傷がつくようなことにはならぬ

『密謀』

秀吉は豊臣政権の基礎固めを進めていた。天下の趨勢を見極めた上杉主従は秀吉の要請に応えて上洛、同盟の契りを結んだ。秀吉は大いに喜び、上杉家を厚遇する。秀吉の側近・石田佐吉（三成）は兼続と同年で、二人は以前から手紙のやりとりをしていたが、これを機にさらに親交を深め、肝胆相照らす仲となる。

秀吉に越後平定を示唆された景勝は、越後揚北の新発田重家を討伐する。上杉主従は、秀吉の九州平定の祝いの言上と新発田平定の報告を兼ねて、再び上洛する。この上洛には、いま一つの目当てがあった。景勝は羽州庄内の制覇を望んでいた。庄内は父謙信が手厚く手入れした場所だったが、近年、最上義光に奪われていた。兼続は石田に庄内侵攻の根回しを頼む。すでに国境に兵を待機させていることを打ち明け、今

後事あれば、最上と伊達は上杉が押さえることを約した。石田は頼みを引き受け、秀吉は上杉の義を頼りにしているのだと語るのだった。

石田三成の名言

度胸も成算もある。こういう機会こそ、わしが待ちうけていたものだ

『密謀』

秀吉の死後、石田は加藤清正、福島正則（まさのり）らと対立を深め、徳川家康の画策によって佐和山城に隠居する。石田を退けた家康は天下人のごとく振る舞う。兼続は密（ひそ）かに佐和山の石田を訪ねた。石田は機会を待って家康を討つという決意を打ち明ける。兼続は上杉が新城を築き、戦支度をするつもりだと返す。石田は待ちうけた機会が来たことを感じる。挙兵する度胸があるかと問う兼続に、石田は笑って「度胸も成算もある」と応えた。そして、兼続と石田は東西呼応して家康をはさみ撃つという〝密約〟

を交わした。

直江兼続の名言

いまこそ内府と天下を争い、雌雄を決し候え

『密謀』

上杉謙信は天下を望まず義にこだわり、名分のあきらかなすがすがしい戦に終始した。景勝と兼続の主従も謙信の道を守り、上杉は上杉であろうとする。秀吉の死後、徳川と豊臣の政争に加担せず、独自の道を歩むことを決める。

家康は上杉に上洛を要請するが、兼続はこれを拒否し、痛烈な反駁の書を送りつけた。激怒した家康は上杉に大軍を向けるが、上方で三成が挙兵すると、撤収を始める。今こそ、石田との密約を果たすときである。兼続は家康追撃を主張するが、景勝は「敵の弱味につけこんで追撃をかけるのは上杉の作法ではない」とこれを退けた。まもなく、関ヶ原での西軍敗北の報が伝えられ、兼続は景勝に徳川と決戦すべきだと迫る。しかし、景勝は降伏して上杉の家名を残すことを選ぶ。兼続は主君の苦渋の決断

に従った。兼続は思う。天下人の座には、腹黒の政治家が相応しい。景勝は義の人である。上杉は上杉として生きるのだ。

□『回天の門』の名言

幕末、一個の〝草莽の士〟として倒幕という舞台に躍り上がり、先駆けとなった清河八郎の悲運な生涯をたどる。

斎藤元司（のちの清河八郎）は、庄内藩の羽州田川郡清川村に生まれた。実家は徳川の初期から続く大きな酒屋で、嫡子の元司は稼業を継ぐ身であった。この土地では、控え目に己れを包み隠すことが美徳とされていた。元司は家にも土地にも馴染めず、鬱屈した思いを抱えながら、放蕩の日々を送っていた。十八歳になった元司は、江戸遊学を志して家出を決行する。夢は江戸で学問を修め、剣の腕を磨き、文武二道を教授する塾を開くことだった。東条塾に入った元司は、学問に打ち込む一方で、千葉道場に通い剣の道にも精進する。名を清河八郎と改め、二十五歳の時、文武二道を教える「清河塾」を開く。しかし、その行く手には暗雲が立ちこめていた。

清河八郎の名言

われわれは、幕府にかわる政治の仕組みを考えるときがきているのだ

『回天の門』

清河塾は火事と大地震に襲われる。八郎は諦めず塾を再建するが、時勢は尊皇攘夷へと動き始めていた。八郎は己を一介の学問の徒であり、もとをただせば、出羽清川の酒屋の伜だと考えていた。分相応ということがある、政治には踏み込まないと思い定めてもいた。万延元年（一八六〇年）、桜田門外の路上で大老井伊直弼が暗殺される。「天下がひっくり返った」。八郎は胸を摑まれたような衝撃を受ける。名もない者が天下を動かす時代が来た。幕府という仕組みは自壊の道をたどり、新しい政治の仕組みが生まれる時期である。八郎にはその新しい仕組みが見える気がした。これを機に、八郎は急速に時勢にのめり込んでいく。

清河八郎の名言

回天の時期がきている

『回天の門』

八郎は倒幕を目指す「虎尾の会」を結成し、尊皇攘夷の急進派としての活動を始める。「虎尾の会」はハリスの通事ヒュースケン暗殺を決行し、横浜焼き打ちを計画するが、すべては幕府方に漏れていた。捕吏に囲まれた八郎は、その場を切りぬけるが、同志の多くは捕縛される。「虎尾の会」は瓦解(がかい)し、八郎は追われる身となり、諸国を転々とする。逃避行を続けながら八郎は、今こそ、倒幕を説く時期であると確信する。尊皇攘夷を論じても、倒幕王政は、まだ、誰も説いていない。八郎は天皇に奉(たてまつ)る建白書「回天封事」をしたためる。倒幕を実現し、王政を回復する。それが、この国がとるべき、唯一の道となる。新しい時代を切り開くのは自分であると信じ、建白書を孝明天皇に奉る。

清河八郎の名言

たとえ渇しても、その水は飲まん

『回天の門』

「虎尾の会」の同志たちは赦免され、八郎は次の策に出る。幕臣の山岡鉄舟と組んで、国家非常の役に立てるための浪士募集を献策する。閣老からは、いっそ八郎を幕臣に取り立ててはどうかという声があがる。しかし、八郎はきっぱりとことわる。「受けてしまえばよかった」と言う山岡に、八郎は「おれに幕府の禄(ろく)をはむことが出来ると思うかね」と返す。草莽の士であることに誇りを持つ八郎にとって、幕臣になることは屈辱でしかない。幕府の官費で浪士を集めさせ、いずれ倒幕挙兵を担(にな)う同志にする。それが八郎の狙いだった。浪士組は将軍警護の名目で上洛し、八郎は浪士を前に「われわれは尊攘の先兵である」と演説する。

■エッセイの名言

□『ふるさとへ廻る六部は』の名言

変わりゆく故郷への思い、小説への自負、身辺の出来事などを綴ったエッセイ集。

『ふるさとへ廻る六部は』の名言

> だが人間には、人間が人間であることにおいて、時代を超越して抱えこんで来た不変の部分もまたあるだろう
>
> 「市井の人びと」『ふるさとへ廻る六部は』

藤沢は江戸時代を舞台に市井・人情ものを書くとき、日常生活で見たり聞いたりしたことや、自分が考えたり感じたりすることをヒントにしたそうだ。実際には、江戸時代の人間と現代人の感じ方は違うこともあるだろう。江戸時代というくくりの中で

も違うし、その後も時代と人間の変化はある。「いまの若い者は」という言い方がどの時代にもあったように、世代が違うだけで理解できない物事は多い。だが、時代を超えて不変のものもあるはずだ、と藤沢は言う。

たとえば、恋愛も嫉妬も憎しみも、人が人を思う気持ちに変わりはない。いまも昔も変わりなく存在するのが「人間感情」であり、この不変の人間性に視点をおいて、時代小説を書きおこす。

「市井小説、人情小説というものを、私はそういう普遍的な人間性をテーマにした小説と考えているのである」

『ふるさとへ廻る六部は』の名言

小説は想像力の産物である

「自作再見——隠し剣シリーズ」『ふるさとへ廻る六部は』

たとえば歴史小説にしても、事実を積み重ねただけで小説が出来るわけではない。事実に想像力が働きかけて、そこに物語が生まれる——。藤沢は「時代小説は想像力が命」だと語る。想像力を自由に飛翔させるためには、制約は少ない方がいい。しかし、物語に真実らしさを与えるには、多少の枠組みが必要になる。藤沢は主人公の剣士に藩という枠をはめ、身分や役、家といった制約を与える。人は社会や家、肉親のしがらみに縛られている。それがすなわち現実を生きるということだという。

「私の小説の主人公たちも、あたえられた制約によって、虚構の中の現実を生きるわけである」

『ふるさとへ廻る六部は』の名言

受賞は到達点ではなく出発点になったのである

「出発点だった受賞」『ふるさとへ廻る六部は』

藤沢は会社勤めをしながら小説を書いていた頃、とある新人賞に応募していた。当時、「直木賞」はまったく念頭になかったそうだ。ところが、念願の新人賞を受賞した作品が、直木賞候補になった。実感が湧かず、他人ごとのようだったという。二回、三回と候補になり、四回目の候補作「暗殺の年輪」は藤沢が初めて書いた武家ものの短篇だった。「受賞するには少し力不足」と思っていたこの作品が、直木賞を受賞する。自信作でない作品で受賞したことで、藤沢の心に負い目が生まれた。

「そして結果的にはそれが幸いしたと思う。私は誰の目もみとめる名作で受賞したのではなかった。そのために、気持の上で受賞後に努力しなければならなかった」

□『半生の記』の名言

誕生から「溟い海」でオール讀物新人賞を受賞するまでを綴った自叙伝的エッセイ「半生の記」と、山形県で暮らした思い出を語る「わが思い出の山形」の二篇を収録。

『半生の記』の名言

小説は怨念(おんねん)がないと書けないなどといわれるけれども、怨念に凝り固まったままでは、出てくるものは小説の体をなしにくいのではなかろうか

「半生の記」――死と再生『半生の記』

二十三歳の時、教師をしていた藤沢は集団検診で肺結核を発見される。しばらく自宅療養した後、結核診療所に入り、生と死の交錯する境界に身を置いた。回復後、教職に戻ることはかなわず、業界紙の記者となった。結婚して生活もようやく安定してきたが、娘が生まれてすぐ、妻が病に倒れる。つらい出来事が次々と藤沢を襲い、妻の命を救えなかった無念の気持ちをはき出すように、小説を書き続けた。

再婚して家庭が落ち着き、暮らしにややゆとりが出来た頃、一篇の小説が書き上がる。オール讀物新人賞を受賞した「溟い海」である。このとき、ようやく藤沢の心か

ら「怨念」が消えたのかもしれない。

「私はなぜか非運な先妻悦子にささやかな贈り物が出来たようにも感じたのだった」

□『周平独言』の名言

ふるさとのことや自作の創作にまつわる話をまとめた、初のエッセイ集。

『周平独言』の名言

微かな資料の照明をうけて、なお多くは闇に包まれ、ほの白く光る歴史の膨大な量につき当たるとき、私の創作意欲が動くのである

「歴史のわからなさ」『周平独言』

藤沢はよく「現代ものは書かないのか」とか、「時代ものを書く理由は」などとい

う質問を受けたそうだ。時代ものを書く理由は、歴史のわからなさにあるという。例えば、明智光秀のことを調べるにしても、信頼すべき資料の少なさに往生する。よい資料に巡りあっても、全面的に信用していいのかどうか、懐疑的になってしまう。それでも歴史を手探りするには資料によるしかない。そうしたわからなさ、疑問を超えて、本能寺襲撃という動かしがたい歴史的事実は存在する。

歴史の面白さは、本来「わかること」の面白さだと、藤沢は考えている。調べていくうちに細部が明らかになり、少しずつ人物像が浮かび上がってくる。しかし、それでも埋め尽くせない歴史のほの暗い領域が、藤沢を引きつけてやまない。

「私を時代ものの創作に駆りたてるのは、疑いもなくそのような不確かで、しかしいまも確かに実在しているものへの想像力なのである」

藤沢作品を彩った名優たち

「三屋清左衛門残日録」（'16・'17・'18・'20・'21）

みさ役
麻生祐未

原作は読まないでとおっしゃる脚本家や演出家の方はいらっしゃいますが、本作では何も言われませんでしたので、撮影前に原作を拝読しました。私の演じた「涌井」の女将・みさは原作ではあまり出てきませんが、映像では、清左衛門が頻繁にお店に立ち寄っています。

原作を拝読して感じたことは、清左衛門とみさは、価値観が似ている部分があること、そしてみさは清左衛門を非常に尊敬しているのであろうということです。原作でも、映像でも、清左衛門とみさは言葉を交わすことが多くはありませんが、多くの言葉はなくとも二人は心の深いところでつながっていたと考え、無言でいるときの雰囲気を大事にしました。

清左衛門は非常に思い遣り深い人物だと思います。何か事件があって、それをおさめて昇進するという成功者のお話ではなく、ひとつひとつの出来事がどれだけ大変なことであるかをきちんと掘り下げ、自分が成功した裏で泣いている人がいるということに眼を配り、それでいてユーモアも忘れない。みさでなくても惹かれます。

清左衛門とみさは互いに尊敬しあい、心がつながっているとはいえ、直接的なラブシーンはありません。原作でも清左衛門は「夢に似た一夜」とみさとの間にあった〝何か〟を表現されています。映像でもそれに近い形になっていますが、監督と北大路欣也さん（三屋清左衛門役）は随分と議論をされていました。監督は、絶対に二人の間には恋愛感情はある、と断言されていらっしゃいましたが……。私の解釈では、確かに二人の距離は縮まっていたけれど、みさには清左衛門とのいずれ来る別れが見えている、そういう難しい関係であったと考えています。一概に恋愛とは言えないような、複雑な感情ではなかったでしょうか。

最後、みさはお店を他人に託して実家に帰ってしまいます。親に恩返しをしたいと十何年も思ってきましたから、それがみさの選択だったということです。仮に清左衛門に自分の感情をぶつけたとしても、それは清左衛門に迷惑なことなのではないかと考えて、自ら身を引いたのだと思います。私自身も、おそらく、みさと同じ行動を取ると思います。全てを捨てて男性のもとへ、とはいかないです。それが大人になったということなのでしょう。

みさについては共感できるところが多かったです。あの時代に自分で仕事をして生きていくのは非常に現代的です。仕事をしながら自分の幸せをみつけていくのは私に近いと感じました。

小料理屋の女将ですし、清左衛門との間に少し色めいたことがありますから、みさ自身も色っぽくしなければとは思いますが、私自身は色っぽさとは無縁で。実際、お酒も全然飲めませんし、何が色っぽいのかよく分からないので、最初は北大路さんに随分と教えていただきました。例えばお酒を注ぐときに綺麗(きれい)に見せる方法。あとは全て、照明と撮影の技術力です。「三屋清左衛門残日録」は京都太秦(うずまさ)の撮影所で撮影をしましたが、まさに時代劇撮影のトップクラスの方々が集結しています。色っぽさのかけらもない私を、随分と謎(なぞ)めいて美しいみさにしてくださいました。

ちなみに、涌井は原作でも「魚の美味(おい)しい小料理屋」とありますので、画面に映るお料理は非常に重要です。お料理のことを現場では消え物と言いますが、消え物は全て太秦の美術の方が実際に作っています。夏場に冬の季節の撮影をしたりしますので、材料を集めるのが大変だそうです。手に入らないお魚などありますから。私は女将ですので運ぶばかりですが、伊東四朗さん（佐伯熊太役）は「おいしい、おいしい」と

物語の重要な舞台となる小料理屋の女将。
「三屋清左衛門残日録　陽のあたる道」

召し上がっていました。

お料理を運ぶ際にも注意をしました。時代劇ですので裸足、そして膝をついて重いものを運びますので、日本舞踊ではありませんが、とにかく綺麗に見えるように最小限の動きで食べ物を運んでいます。なるべく手を見せないのも大切です。

必然的に清左衛門とのシーンが多いのですが、できるだけ、直接見つめないようにはしています。目上の方に対しては目を見て話さず、斜め下を見るのが礼儀とされていた時代でしたから、マナーの問題もありますが、女将がじーっと見つめてくる小料理屋ってくつろげないでしょう。圧迫感がありますから。そうではなく、清左衛門が落ち着ける空間を作るようにしています。

でも北大路さんは台詞がとっても素敵で、またとても格好いい方なので、つい見つめてしまいます。役者として北大路さんを観察したいという野心もあり……。

北大路さんは普段から「北大路欣也」なので、何年もご一緒させていただいていますが、全く変わらず、崩さず、いつでも本番が撮れる方です。眠たくて目が開かないことはないのかしら？ 撮影となると、もしかして北大路さんは瞬きをされないのではないかと思うくらい、目力があります。パワーが凄い。そしてまた目がお綺麗で、見入ってしまいます。

清左衛門のお友達、佐伯熊太役の伊東四朗さんは、原作以上にチャーミングに熊太を演じていらっしゃいます。北大路さんと伊東さんは何十年とお付き合いのあるお二人ですから、コンビネーションが素晴らしいです。お芝居、台詞、いつでも完璧(かんぺき)です。涌井でのお二人の演技中、画面に映らない私は、ただボーッと心地よさに浸っていいます。うまいと言ったら失礼になりますが、心地よい、さすが。お二人は声の出し方から工夫されていると思います。

「三屋清左衛門残日録」のお話自体が、何か大きな事件を解決していこうという大それた話ではなく、日常の雑談の延長といった内容ですから、台詞も「なんでもない」ものが多く、リラックスして喋(しゃべ)るようにしています。

これは、いわゆる定年退職後のお話です。定年退職後はしがらみがなくなり、自由になります。さあそこから何をするのか、その人の本質や人間性が出るのだと思います。定年退職後に熊太のような友人がいると助かりますね。自分の気持ちを全て代弁してくれて、疑問を調べてくれて。人と人とを繋(つな)ぐ友人はかけがえのない存在。熊太のような友人がいて、近所に涌井があれば、人生最高です。

藤沢作品を読み終えた後は優しい気持ちになれます。途中でどんなに怒りを抱えている人が出てきたとしても、最後には「それも世の中」と納得ができる。ひとりひとりが、特に主人公が、自分の大切なものをきちんと分かっているからでしょう。自分の気持ちと人に対する思いやりを持っている人物が登場するのがとても素晴らしいと思っています。

日常の些細(ささい)な出来事も見逃さず、一瞬一瞬を大事に、またその理由を考えて大切に生きるというのは見習いたいところです。忙しく流されて……流される方が楽だったりしますからね。できれば難しいことを飛ばして、先に行きたいと日々思うものですけれども、できるだけその瞬間に思いを馳(は)せる。毎日綱渡りですからなかなか出来ませんが、藤沢作品の登場人物のように、できるだけ大切に毎日を過ごしていきたいです。

あそう・ゆみ
大阪府生れ。青山学院大学二年の一九八五年、カネボウ化粧品のキャンペーンガールに選ばれ鮮烈なデビューを飾る。以降ドラマ、映画に多数出演。

「三屋清左衛門残日録」（'16・'17・'18・'20・'21）

佐伯熊太役　伊東四朗

町奉行・佐伯熊太は大好きな役です。北大路欣也さんが演じる三屋清左衛門と幼馴染みという設定がとても良いです。北大路さんとは決して本物の幼馴染みではありませんが、とても若い頃からご一緒させていただいておりますから、北大路さんが何を考えていらっしゃるのか、何をなさりたいのか、〝気分〟はよく分かるのです。お互いに安心していると感じています。構えるところがありません。自然と、リラックスをして演じています。

北大路さんにはお世話になりっぱなしです。そもそも私はお父様（市川右太衛門）の大ファンで、「旗本退屈男」が大好きだったんです。後々、北大路さんが「旗本退屈男」を演じることになった際、私も出演させていただいたり、主演された「銭形平次」八十八本全てに、三の輪の万七親分役で出させていただいたり……。

ご一緒するだけで、北大路さんの立ち居振る舞い全てが勉強になります。時代劇は型が悪いとお客さんはあまり愉快じゃない。現代劇の気持ちでやっているとどうしてもずれてくる。立ち方はもちろん、歩き方も現代とは違いますし、町人とお侍でもまた違う。時代劇に出演する上での大事なことは全て、私は北大路さんから学びました。本当はお金を払わなきゃいけない。私の息子は伊東孝明という俳優ですが、孝明も二十三歳のときに同心見習・藤田勇之進役で銭形平次に出させていただきました。若い時に、目の前で北大路さんの動きや台詞（せりふ）の全てを吸収できたのは、彼にとっては大きな財産になったはずです。

あの方の目力は凄（すご）い。演技中でも見とれてしまいます。北大路さんは現代劇も素晴らしいですね。いつも話題の作品に出られています。

「三屋清左衛門残日録」では小料理屋・涌井での食事シーンが毎回出てきます。視聴者においしそうに見えればと思って演じています。実際とても美味（おい）しいのですが、台詞を喋（しゃべ）りながら食べるのは至難の業なのです。全部を食べながらいっぺんに撮れば簡単なのですが、実際の撮影はカット割りがありますので、「どこまで食べたっけ？」「全部食べ終わってた？」など細かく考えなければならないのです。

難しい撮影だからこそ役者の腕の見せ所なのかもしれません。普段、アドリブをあまりなさらない北大路さんが、ふいにアドリブを入れてきたことがありました。急に「あ！」とおっしゃるものだから私がそちらを向いたら、余所見の隙にスッと熊太のものを食べてしまった。お互いの安心感ゆえの演技だと思っておりますが、阿吽の呼吸と言っていただければそれが一番嬉しいです。

「三屋清左衛門残日録」の良いところは、こういった何気ない日常の姿を丁寧に描いていることではないでしょうか。藩内の派閥争いはありますが、お家騒動ほどの大事件が起こるわけでもなく、大立ち回りがあるかと言われればそうでもない。そんなに悪い奴も出てこない。暇をみつけては涌井でうまいものを食べ、適度な悪口を交えつつ、子供時代に戻っていくような感覚。その流れがとても居心地が良いと思います。実際に自分が老境に入ったから、余計心地よく感じます。

一点気になっていることがあります。清左衛門と涌井の女将は惚れ合ってることは間違いない。一視聴者として、二人のちょっとしたラブシーンが見たい。画面には出ていませんが、もう男女の仲なのでしょう？　だったら少しくらい……だめなのかな。

熊太は女将には惚れていません。熊太が女性に対してそのような気を起こすことはありません。なぜかというと、奥さんが熊太の首根っこを押さえているからです。もちろん、原作にも映像にも熊太の奥さんは一切出てきませんが、私は熊太を演じる上で奥さんは野際陽子さんと設定しています。女性に変な気を起こそうものなら野際さんの顔がちらついて無理です。また、幼馴染みの清左衛門は引退しているのに、熊太がまだ現役なのは、野際さんが「働け！」と私のお尻を叩いているからです。

野際さんとは随分夫婦役をやらせていただきました。あの方はアドリブの名人で、ここで笑わせてやろうとか、困らせてやろうというアドリブではなく、そのシーンにとっては絶対に必要なアドリブを入れていました。野際さんとの共演は実に楽しかった。また「働け、働け」って言ってもらいたかったです。「三屋清左衛門残日録」にも是非出ていただきたかった。

撮影現場ではいつもワクワクしています。三屋家のお嫁さんを演じている優香さん、素晴らしいですよ。必要以上のことはやらないし、それ以下もやらない。あの時代のお嫁さんですから、色々なことを極めて自然に「わきまえて」演じていらっしゃる。あの若さで素晴らしいことです。そこへもってきて、なんと「おしん」がいる。小林綾子さんです。小林さんとは現場では全然お話はしませんから、当時の思い出話に花を咲かせたことはありませんが、私は演技をじっと見ています。彼女は私の娘ですから。「おしん、あんなに大きくなって……」と感極まっております。それにしても橋田壽賀子先生はなぜ私を「おしん」の父親役に抜擢されたのか。当時の私のイメージ

時代劇に多く出演しているが、喜劇役者が本業と自負する。
「三屋清左衛門残日録　陽のあたる道」

は完全に電線音頭の「ベンジャミン伊東」ですから、あんな男をなぜ正反対の「おしん」に使ったのか。理由をお聞きしたかったけれど、機会を逸してしまいました。

撮影は京都太秦の東映撮影所で行っています。現在、時代劇の撮影数が少ないようです。時代劇を作らなくなったのはよろしくないと思います。その技術は後世に伝承しないといけないと考えています。時代劇は日本の文化ですから、今後も時代劇には出演し続けたいと思います。

いとう・しろう
東京都出身。一九六三年に三波伸介、戸塚睦夫と「てんぷくトリオ」を結成。爆発的な人気を得る。七〇年代には「みごろ！たべごろ！笑いごろ!!」「笑って！笑って!!60分」で小松政夫との絶妙な掛け合いを見せた。九一年、浅草芸能大賞を受賞。二〇〇七年には「しゃべれども　しゃべれども」「舞妓Haaaan!!!」で報知映画賞助演男優賞を受賞。一四年、橋田賞特別賞を受賞。

「三屋清左衛門残日録」（'16・'17・'18・'20・'21）

三屋清左衛門役

北大路欣也

私は俳優として大衆映画や演劇で長い間チャンバラのお仕事をたくさんしてきました。学生時代には友人から「お前は一生チャンバラで食っていくんだな。大変だな」などと言われたりして、自分でもそうなのだろうと思っていたのです。どこかで文芸作品に対する憧れ（あこがれ）もありましたがご縁がなく、俳優にしか分からない言い方かもしれませんが、中でも藤沢周平先生の作品は私の中ではとても遠く、高いところにありました。人間味溢（あふ）れる藤沢作品の世界には自分は到達できないと思っていたのです。

ところが五十半ばを過ぎたころに、「三屋清左衛門残日録」のお話をいただきました。原作を読ませていただいて、これはとても今の自分の精神状態では演じられないと感じました。清左衛門を演じるには子供すぎたのです。まだまだ演じられない、逆を言えば焦（あせ）ってはいけないと思いました。もしこの役とご縁があるならば、必ずまたお話はいただけるから、今は辞退しようと思い、一旦はお断りしました。

そこから十年ほど経ち、六十半ばを過ぎた頃に、もう一度お話をいただきました。この間、権力闘争を目の当たりにしたり、友人知人の揉め事や家族内の問題などに接したりと、随分と人生経験を積んでいました。よし、これならば三屋清左衛門の世界に入れるぞ、とお引き受けしました。藤沢先生の世界にやっと足を踏み入れるのに七十年近くかかってしまいました。

この作品は演じていて非常に楽しいですし、私は心の底から清左衛門に憧れています。こういう男になりたい。私は今まで織田信長や宮本武蔵など強い男を演じてきて、演技でも心情でも、彼らのような強さを一方的に追い求めていたのですが、清左衛門を演じて初めて本当の強さを知りました。清左衛門の強さは静。静かに佇む、それだけでとても強い。清左衛門と出会ってから私の実生活も変わったかもしれません。いばることが少なくなったかもしれないです。

清左衛門のような隠居暮らしができたら最高です。隠居でのんびりするのは自由。でも人間には本来あまり自由はなくて、生ある限りその人のやるべきことは残っていると私は考えています。だから自分の使命を十分に果たし、それでいて決して邪魔にはならないように、人のために働いていく。素晴らしい隠居生活だと思います。身分

三屋清左衛門を演じられるのは役者としても人間としても誇り。
「三屋清左衛門残日録　陽のあたる道」

は隠居ではありますが、出過ぎもせず、かといって引きすぎもせず、その案配が分かるのは本当の大人です。口でブツブツ文句を言うような隠居はダメ。本当の意味での大人ができる生活なのだと思います。

清左衛門の親友で町奉行の佐伯熊太（伊東四朗）や行きつけの小料理屋、涌井の女将・みさ（麻生祐未）のような存在は、おそらく藤沢先生の人生に実在したか、あるいは出会いたかった人物なのではないでしょうか。

清左衛門は熊太といると気持ちがほぐれます。実際、私自身も伊東四朗さんにお目に掛かると気持ちがほぐれます。伊東さんとは四十年以上前からご一緒していますので、肌も合うし、お互いの性格も熟知しています。演技を越えた人間関係が私たちにはあり、頼り頼られて撮影をしています。

みさとは男女として真っ正面に向き合っているかを大切にしています。冬にたき火を囲むと暖かさに全身が緩み、心が正直になるでしょう。二人はそういう関係で、男女として一線を乗り越えるのか否かはお互いの感情の揺れ次第。

清左衛門は奥さんがいないのですから寂しいと思います。長男のお嫁さんが色々と身の回りの世話をしてくれて、とても助かっていますけれど、良いお嫁さんだけに寂しさが募る。時々お位牌に話しかけたり、仏前にお供えをしたりしていますよね。お前も食えよって。でも本当はみさとそういう会話をしたいのでしょう。

撮影は京都で行われていますが、京都は私の故郷。撮影所には十三歳から通い、当時の住まいは北大路。鴨川、西山、北山、鞍馬——いわゆるロケ地で私は毎日遊んでいました。小学校から歩いて五分もかからない場所にある上賀茂神社では、毎日どこかの映画会社がロケをしていましたので、ワクワクしながら見学をしていました。京都に行くと童心に帰るようで、三屋清左衛門の撮影はいつも心躍ります。

時代劇特有の所作に関しては、観察しかない。萬屋錦之介さんを観察しに毎日セットに通ったこともありました。真似は演技の基本です。私は今でも、車に乗っていても、色々な方を観察して演技に活かそうと思っています。

私の父（市川右太衛門）が「俳優は肉体を鍛えろ。若くなきゃいけない」と言っていたのですが、私にはその「若く」が理解できませんでした。若く見えることなのだろうかと思っていた時期もありましたが、今になってやっとわかりました。私は今七十八歳で六十代を演じています。この時代の想いを身につけて年齢的には戻らなければならない。それは若い肉体がなければ不可能だということなのです。父は晩年よく歩いていました。仕事のあるなしにかかわらず。いつお仕事をいただいても引き受けたいという役者魂の現れです。

三屋清左衛門の原作には終わりがありますが、私は清左衛門と一生一緒に生きていきたいという気持ちがあります。ここまで強く思うのは不思議だなと思うのですが、清左衛門を演じられるのは私の誇りです。人間としても役者としても、これほどの人物を演じられるのは極めて幸運です。

きたおおじ・きんや
一九四三（昭和十八）年京都府生れ。五六年映画「父子鷹」でデビュー。その後、数多くのドラマ・映画をはじめ、舞台や声の仕事等でも活躍。二〇〇七年には紫綬褒章、一五年には旭日小綬章を受章。近年の作品では、映画「コンフィデンスマンJP　プリンセス編」、TBS「半沢直樹」、時代劇専門チャンネル「三屋清左衛門残日録」、テレビ東京「記憶捜査―新宿東署事件ファイル―」。現在、NHK大河ドラマ「青天を衝け」に出演中。

「たそがれ清兵衛」（'02）余吾善右衛門役
「隠し剣 鬼の爪」（'04）戸田寛斎役

田中　泯

僕が私淑していた土方巽（ひじかたたつみ）は、一九八六年、闘病生活の果てに五十七歳で亡（な）くなりました。危篤（きとく）の連絡を受けて病室に駆けつけたら、十五人くらいが集まっていて、土方は一人一人全員と話をし、約十分後に亡くなりました。とてもショックだった。亡くなったことが悲しいというのではなく、ああいう死に方があるのかと。

その後、自分が師匠が亡くなった年齢になったときに、ガックリきてしまったのです。自分が余りに幼なくて。「なんと情けないんだ。何もかもやめて、やり直しがきく所に戻りたい」と思い詰めていた時に「たそがれ清兵衛」のお話がポーンと飛び込んできて、山田洋次監督とお目にかかりました。僕は俳優の仕事は当然したことがなかったし、考えたこともなかった。とりあえず台本を読ませていただいて、やれるのであればやりますが……とはお返事したものの、不安しかなく、「本当にやれるんでしょうか」なんて逆に聞いたほどでした。全く自信がなかった。しかし、山田監督が直々にやりましょうとおっしゃってくださっているし、師匠がやってみたらと言っているような気もして、お引き受けしました。

僕は時代劇が好きで、若い頃は結構テレビで見ていました。殺陣(たて)に関してはさほど不安はなく、基本的なことさえ教えていただければやれそうだなと思っていました。問題は台詞(せりふ)を喋(しゃべ)ること。僕はダンサーです。喋って何かを表現することをむしろ封印してきたのに、まさかそちらをやるとは。台詞を覚えるのは苦手、というよりもやったことがなかったので、撮影場所の京都に行くまでに一生懸命覚えて、殺陣については三ヶ月剣道の先生につきました。

とにかくよく練習をしましたし、余吾は立て籠(こ)もっているので痩(や)せていなければならず、一週間で八キロ減量しました。基本的には食事をせず、お酒を控えて。主演の真田広之(さなだひろゆき)さんが僕の影響を受けてどんどん痩せてしまって。しかし決闘以前のシーンがたくさん残っていたので、痩せないでと逆ドクターストップがかかっていました。

余吾のドス黒い顔色はメイクで二重三重に厚く塗り表現していました。監督がふと「泯さんは見えなくていい。そんなによく見える必要はない。気配が充満していればそれでいい」とおっしゃった。実際カメラ越しの自分の姿がかなり暗かったので、

「このくらいでいいんですね。いいなあ」と言ったら、監督が「普通の人は見えないと怒る。泯さん逆だね」って。

余吾が「竹光で俺を殺そうと思っているのか」と清兵衛を睨むシーンがあります。怒りというよりは動物的な「殺すぞ」というような、生き物が本当に相手を殺しにかかる眼を表したかったのです。長沼六男カメラマンと監督がご覧になって「いけますね」とおっしゃったので、そこで自分の演技は大丈夫だと思えました。いや、大丈夫とは思っていなかったけれど、自信が持てたわけではなかったけれど、そうか、と思えました。

山田監督が現場で拘ってらしたのは、何もかも嘘に見えないようにということ。真田さんの頭の真ん中を狙って斬れ――つまり本当に相手を殺す気でやれと。演技は絶対にしないでと厳しく言われました。ですから撮影は本当に怖かったです。真田さんに殺される、斬られると思っていましたから。

あの短い果し合いを一週間かけて撮影しましたが、毎日本気で相手を斬りにいくのでもうヘトヘト。それは僕ら俳優だけではなくスタッフの皆さんも全員が疲れ果ててしまい、毎日短時間しか撮影ができず、夜の撮影は一切ありませんでした。ですから夕方に撮影が終わると真田さんがいらして「今日はどうしますか?」って。僕は減量中だから「水割りにして、二杯だけ!」なんて和やかな約束をしていました。

山田組の撮影というのは本番だけではなく、もちろん本番前のリハーサルもあり、そのリハも本気で行うのです。ある時リハの最中に予想外のことが起きました。真田さんに突き飛ばされて僕の身体(からだ)が雨戸まで吹っ飛び、背中で雨戸をバーンと破って庭に尻餅(しりもち)をついたのです。暗い室内のシーンに外の光がパッと入ってきて、「日常」が飛び込んでくるというような感じでした。それを見て山田監督も長沼カメラマンも「あ、これ入れたい」。ということで、カメラの位置、照明、美術いろいろなことが変更になるのでその日の撮影はそこで終了し、翌日そのシーンから撮影は開始されました。本番では、飛び込んできた外の光と共に、庭には美しい黄色い山吹の花が咲いていました。台本には一行も書いていません。もともと計画していた台本よりも峻烈(しゅんれつ)なことが起きると、そちらに脱線をする撮影でした。本物しか撮らないのです。普通は台本から外れることは予定を変えることなので大変なのですが、非常に贅沢(ぜいたく)な撮影でした。

真田さんも僕も、毎日「怖かった」と言っていました。例えば障子越しに真田さんを刺そうとするシーン。真田さんが全力で走り、それに併せて刀をブスブス刺すわけですが、障子越しに真田さんの影はぼんやりと見えますけれども、ほぼ見えないです

鬼気迫る演技で観客を圧倒した殺陣のシーン（右は真田広之）。
「たそがれ清兵衛」（2002年）監督/山田洋次　写真提供/松竹

し、何より真田さんの走るスピードも、僕の剣を刺すスピードも異常に速い。何も遠慮していませんから。少しでもタイミングがずれると大怪我（おおけが）だったと思います。怖かったなあ、すごく怖かった。

　最後の真田さんに斬られてから倒れるまでのシーンは、「ここから先は泯さんが考えてやってください」と言われ、一発で撮りました。「死にましたという演技だけはしないで」とも言われました。余吾が勝負に負けて死んだということではなく、一体余吾は何が目的で剣を手に取ったのか、もしかしたら最初から死ぬつもりでいたのではないか、など映画を観（み）た方が色々な事を考えられるようにと思いながら演じました。余吾は死んだ、という感想ではなくてね。

　映画の撮影後、僕は「俳優」という新しい道を見つけたとは思いませんでした。むしろ逆で、余計踊りに熱中するようになりました。自分の踊りの方向性が見えたような気がしたのです。真田さんと無言で斬り合い、身体で表現をした。あれは踊りでした。山田監督に「映画は踊りが映るのですね」と言ったほどです。言葉にならないこと、言葉にしてもどうしようもないことを表現するのが踊りですから。

　ということで俳優業は「たそがれ清兵衛」の一回だけと思っていたのですが、ありがたいことに山田監督から「隠し剣　鬼の爪」のお話をいただいて。しかし俳優を続けるつもりはなく、少しだけというお約束で出演させていただきました。

戸田の秘剣の詳細は原作には何も書いていませんので、剣道の先生と相談をして開発をしました。ぐるっと回りながら斬る。そして「隠し剣　鬼の爪」でも山田監督は本物、本気に拘っていらっしゃいました。本当に斬ってということです。永瀬正敏(まさとし)さんは身体に防御用のクッションを巻いていらっしゃいましたが、僕は不安でしたので何重にも強化していただきました。僕が少しでも怖いと思ったら剣のスピードが落ちてしまい、それは本物にはなりません。当たると痛い竹刀(しない)で遠慮無く胴を討つためにもガードは徹底していただいたのですが、実際に永瀬さんを本気で斬ったら、蹲(うずくま)り、なかなか起き上がれなくなってしまって、申し訳ない気持ちでした。でも監督はそれを求められていた。

結局、その後も俳優のお仕事を続けています。時代劇は面白いですね。最近、時代劇専門チャンネルをよく拝見しているのですが、藤沢周平先生の作品はとても多くて驚きます。藤沢作品は、時代が変わっても人間は変わらないということを表現されていて、その着眼点は素晴らしいと思っています。

たなか・みん

東京都出身。世界的な舞踊家として活躍し、数々の作品の演出や振り付けも担当。一九七九年、九五年、九八年、二〇〇三年舞踊批評家協会賞、八二年西独ミュンヘン演劇祭最優秀パフォーマンス賞、九〇年仏芸術文化勲章「シュヴァリエ・デ・ザール・エ・レ・レトル」、〇一年日本現代藝術振興賞など受賞多数。俳優としては〇三年に「たそがれ清兵衛」で第二十六回日本アカデミー賞最優秀助演男優賞、新人俳優賞、第七十六回キネマ旬報ベスト・テン新人男優賞を、〇六年に「メゾン・ド・ヒミコ」で第二十回高崎映画祭最優秀助演男優賞を受賞。

「武士の一分」('06) 加世役
「遅いしあわせ」('15) おもん役

檀 れい

宝塚音楽学校に入学し、二年後には宝塚歌劇団に入団。それから十三年後の二〇〇五年八月、私は演劇人生の集大成となる退団公演に臨んでいました。退団後は何をして生きていくのか、全く決めていませんでした。演劇だけの人生でしたから、今後もお芝居に携われたら良いな……と漠然と考えていただけです。

その退団公演の最中に出演依頼をいただいたのが「武士の一分」でした。「山田洋次監督が下級武士のお話を撮る予定で、ヒロインをお願いしたい」とおっしゃる。その時点で詳しい内容はわかりませんでした。

退団公演中でしたから、千秋楽を迎えるまで先のことは考えたくありませんでした。ですから一旦（いったん）はお断りをして、退団後に改めて山田洋次監督にお目にかかり、「武士の一分」の台本を頂戴（ちょうだい）したのです。

その日の晩、自宅で台本を泣きながら読んだことを覚えています。そこには三村新之丞と加世夫婦の、お互いを思う気持ちが溢れていました。

時代劇というと戦国武将の華やかなお話でしたり、あるいは歴史上の偉人のお話が多いでしょうが、「武士の一分」は名も無き下級武士が主人公で、しかも藩主の毒見役。自分の命と引き換えに主を守るという極めて理不尽な境遇に置かれているものの、夫婦は互いを思いやり、深い愛情で結ばれていました。加世を演じたいと強く思い、四ヶ月後の十二月には撮影が始まりました。

舞台はそれなりに長く立ち続けてきましたが、映像での表現は初めてでしたし、何より女の子ばかりの世界にいましたから、相手役が男性というのも初めてで……。どうしよう、どうしたらいいの？　と不安ばかりでしたが、監督がどのようなシーンにされたいのか、どのような画を撮りたいのか、非常に綿密にリハーサルを重ねてくださったので、安心して演じることができました。

一方で、朝早くからお支度をしてセットに入るのですが、リハーサルばかりが続きなかなかワンカット目を撮らない。監督は俳優の動きだけでなく、その時代の空気感やにおいまでも感じさせられるよう、美術や照明に至るまで、何度も何度もリハーサルを重ねるのです。例えばヤカンの口から出る湯気をもっと激しく出すとか、雨が降るシーンの時には雨粒の大きさはどうするか、叩きつけるような大きな雨なのか、それとも小雨なのかなど、隅々に至るまで神経を研ぎ澄ませていらっしゃいました。

こういった繊細な演出には何度も助けられました。例えば旦那様が赤ツブ貝の毒にあたったと中間の徳平が加世に知らせにくるシーン。このとき家の外では叩きつけるような雨が降っていました。旦那様が毒にあたったことによって、夫婦の当たり前の幸せが一気に崩壊します。これから二人に起こる不安を表現するのがあの大粒の雨で、加世の心情そのものです。監督の演出は役の気持ちを理解する上でとても手助けになりました。

作品の特徴として庄内の方言がありました。「〜でがんす（ございます）」「ありましね（ありません）」という言葉は初めて耳にしましたし、耳慣れず違和感がありました。自分の中で消化をして自然に発するまでには時間がかかるのではないかと思っていましたが、撮影の途中から、あの庄内弁を非常に心地よく感じるようになったのです。庄内弁はとても優しいです。作品に流れる人間の温かみをより感じました。

最後のシーンは圧巻でした。一度離縁した妻が戻ってきたことを、食事の味だけで夫はすぐに気付きます。目が見えなくなって、何を食べているのか分からないのに、一口食べただけで――。作る側からしたら何よりも嬉しいことです。日々の家族に作る食事はとても大切で、素敵な夫婦だと思いました。

現代は色々な物が溢れていて、物質的にはとても豊かですし、お金を出せばある程度のものは手に入ります。そういう世の中に私たちは今、生きているのですが、「武士の一分」の時代というのは、家の中に調度品ひとつありません。食事も極めて質素で、お膳を二人で並べて食べるのではなく、旦那様が先に食事をいただいて、その残りを奥様がいただく、そういう時代でした。映像でもありましたが、お食事の最後はお茶碗にお湯を注いで、添えてあるお漬物でお茶碗を拭くようにしてお米の粒を綺麗にしてから、そのお湯を飲み、お膳にお茶碗をしまいます。貧しいということかもしれませんが、しかし、心は豊かだったのではないでしょうか。

例えば加世が家を出されて旦那様と徳平が二人で暮らし始めてから、旦那様の杖に徳平が小さな赤い紐を結んでいるのです。女性がいなくて淋しいからでしょう。そういう小さな心遣い、心の有り様は今の時代には少ないことで、素晴らしいことです。今は物が溢れすぎて大事なものが見えなくなっている時代ですが、「武士の一分」の時代、人々は本当の幸せを感じていたのではないかと思います。

「遅いしあわせ」は母を守り、家族を守ろうと必死になって働いている女性が、どう

宝塚退団後、初の演技は数々の賞を受賞した。
「武士の一分」(2006年)　監督/山田洋次　写真提供/松竹

しようもない弟に苦しめられるお話でした。「武士の一分」同様、この世界の片隅で必死に生きている名も無き女性に光をあてていて、非常に普遍的なテーマだと感じました。主人公のおもんは、弟に苦しめられますが、今の社会でも、誰もが百パーセント完璧な人生を歩んでいるわけではありません。

おもんは生きる強さを持っている女性だと感じました。母を守り、弟の尻拭いの為、自ら離縁をし、そして借金のかたに売られそうになる。全部自分で始末をつける強さがあります。苦労に苦労を重ねた女性が桶職人の重吉と出会ってやっと幸せをつかむので、〝遅い〟幸せなのでしょうね。私自身はお天気が良いだけで幸せを感じますが……。

井上昭監督は作品を作るにあたり「お地蔵さんを随所に出したい」とおっしゃっていました。ファーストカットは二尊のお地蔵さんが寄り添っているシーンです。おもんと重吉の将来の姿かもしれませんけれど、「幸せであってほしい」という祈りでもあると考えています。

藤沢作品の魅力は人間を描いているところです。光のあたらないような人々の暮らしに目を向け、苦しみや悲しみの中で見いだす喜び――つまり生きることそのものを描いているのだと思います。宝塚を退団し、最初に出会えたのが藤沢周平先生の作品でとても幸せでした。思いもかけず大きな賞をたくさんいただき、何が起こっているのか自分でもよくわかりませんでした。ただひとつ言えることは、光があたらない人に光をあてて、その人生を丁寧に描く作品に出演することができて、本当に良かったということです。

だん・れい
一九九二年宝塚歌劇団に入団、九九年月組娘役トップとなる。二〇〇一年専科へ異動、〇三年星組に移り再び娘役トップとなる。〇五年退団。〇七年「武士の一分」で第三十回日本アカデミー賞優秀主演女優賞／新人俳優賞など受賞。〇九年「母べえ」で第三十二回日本アカデミー賞優秀助演女優賞を受賞。そのほかテレビ、舞台等多数出演。

「山桜」('08) 手塚弥一郎役
「小川の辺」('11) 戌井朔之助役
「ふつうが一番」('16) 小菅留治役

東山紀之

藤沢周平先生の作品との出会いは二〇〇二年に公開された山田洋次監督作品「たそがれ清兵衛」です。真田広之さんが素晴らしかったのはもちろんのこと、田中泯さんの鬼気迫る演技には驚愕しました。この映画で藤沢先生を知り、書店で手に取ったのが『橋ものがたり』。当時の僕の精神状態もあったのでしょうが、心が底から抉られるような感覚に陥り、物語が頭から離れなくなってしまったのです。次から次へと藤沢作品を読み耽るようになり、どうしても藤沢作品に出たいと強く思い続けていたとき、「山桜」のお話をいただいたのです。

「山桜」は随分と人に驚かれる作品でした。「主演なのに台詞がほとんどない」と。確かに台詞はほとんどありませんでした。しかし弥一郎は寡黙な中に熱い想いを秘めていますから、台詞が少ないとは僕自身は全く感じませんでした。愛する人とたった一度しか邂逅しない崇高な愛の物語で、魂が浄化されます。

長年思い続けていた女性、野江（田中麗奈）と出会う重要なシーンの撮影は、山形県鶴岡市で行われました。撮影日は一日しか予定されていませんでしたが、当日は快晴。桜は見事に咲いていました。素朴で美しい桜は用意したものではなく、自然のものです。山形が、藤沢周平先生が、僕らを歓迎してくれているように感じました。

藩の重臣、諏訪平右衛門（村井國夫）が私腹を肥やしていることが許せず、弥一郎は諏訪を城中で殺傷、投獄されます。映画をご覧になった方から「獄中の弥一郎が綺麗すぎる」と言われることがありました。長期投獄ですからもっとボロボロのはずだ、と。しかし弥一郎は正義のために信念を貫いたのです。その姿勢に共感し、彼を支持する人間は獄にもいたはず。沙汰を待つ侍に相応しい身なりにしてあげた人がいたと、僕は考えています。

最後のシーンの解釈について、篠原哲雄監督や共演者と話し合うことはしませんでした。お答えはどうぞお考えになってみてください。あの後はどうしたのでしょう。果たして生き延びたのか、幸せなのか。あの時代なら切腹の可能性は高いですが、しかし……。

原作でも最後は書かれていません。藤沢先生はあえて書かれなかったのだと思います。良いことも、悪いことも、全部内に秘めて。だからこそ現実の厳しさが際立つのかもしれません。

「小川の辺」は「山桜」とは違う不条理を抱えた作品でした。戌井朔之助は脱藩した佐久間森衛（片岡愛之助）を藩命で討たなければなりません。しかし森衛の妻は実妹の田鶴（菊地凛子）。場合によっては、かけがえのない妹の命も奪わなければならない極めて理不尽な物語です。

藤沢先生も会社員時代に様々な理不尽に遭っているのではないでしょうか。でも人生とは理不尽と折り合いを付けること。藤沢作品にはそれが描かれているから年月を経ても共感を得るのでしょう。

撮影は全て山形県で行われました。日本酒は当然のこと、お米がとにかくおいしい。小ナスの漬物、おかひじき……初めて口にする食材もありました。とても豊かな食文化で、なんでもないお弁当がしみじみ味わい深いので、ムシャムシャ食べていました。

しかし緊迫したシーンばかりですから、丸くなってしまってはまずいので、よく河原をランニングしていたのですが、恐ろしいことに河原では必ず大人数での芋煮会が開かれているのです。味噌派、醤油派があると知り、また頂いて感動。お酒に合って

藤沢作品には魂を揺さぶられた。
「小川の辺」2011年公開

美味しいのです。東京に戻ってからもお願いして作っていただくこともあります。果物も素晴らしい。小さくて美しくてピカピカ光る佐藤錦は忘れられません。山形の方は食を大事にしていて、食は即ち生きることですから、生きることに誠実なのだと感じました。

愛之助さんとの殺陣のシーンは楽しかったです。良い瞬間でした。現場で何度も二人で練習を重ね、本番を迎えました。殺陣はダンスに近いかもしれません。また僕は幼少時に剣道を習っていたので、それがやっと役に立ちました。

映画公開は東日本大震災の年です。震災の日、三月十一日、僕は蜷川幸雄さん演出作品『ミシマダブル』に出演するため大阪にいました。あの日は夜の一回公演でしたので、ホテルでシャワーを浴びていたらガタガタッとなり、「阪神大震災の時の（東京の）揺れみたいだな」と思い浴室から出てテレビを点けたら大変なことになっていて。舞台は当然やらないと思っていたらやる、と。結局大阪公演は全て行われたのですが、「舞台なんてやっていいのだろうか」と随分葛藤しました。〝ショーマストゴーオン〟なのかな。いや違う……。でもエンターテインメントが持つ力を信じたい、続けるということが大事だと僕は考えました。

震災後には「小川の辺」のプロデューサーと共に宮城県東松島市に炊き出しに伺い、

六月の公開時には山形県で舞台挨拶（あいさつ）を多くさせていただきました。映画が少しでも力になればと強く思いましたし、また僕らも勇気を貰（もら）いました。

藤沢先生がもし東日本大震災を経験されていたら、どのような作品を生み出されたのかを考えます。生きていることを喜ぶのか、あるいは死を悼（いた）むのか。ただ、藤沢先生は大切なものが一瞬で奪われてしまうことは分かっていらした。最初の赤ちゃんを死産で亡（な）くされ、その後お嬢様の遠藤展子（のぶこ）さんが生まれてすぐ、奥様が亡くなって……。だからこそ「普通が一番」と言い続けたのですから。

テレビドラマ「ふつうが一番」ではついに藤沢先生ご本人を演じさせていただきました。藤沢先生の本は熟読しておりましたし、遠藤展子さんの原作も既に拝読しておりましたから、もうあとは台本通りにやろうと決めていました。とにかく先生の誠実さを出そうと思って臨みました。

初顔合わせで台本の読み合わせをした際、何の気なしに松たか子さん（妻の小菅（こすげ）和子役）をちらっと見たら、松さんも僕を見ていらして、台詞を言いながら見つめ合う恰好（かっこう）になりました。そのときに、なんとなく良い空気感になり、僕の演技は正しいのかもしれないと思えました。本読み後、遠藤展子さんが号泣されていたので、ホッとしたのを覚えています。

まだ生まれたばかりの赤ちゃんがいるのに奥様が亡くなってしまうなんて、まったく想像がつかない。母親と父親の役割はどうしても違ってきてしまいますが、藤沢先生は二役をこなされた。全く信じられません。でも世の中には苦労をされている方はたくさんいらっしゃいますから、ご自分の心情と重ね合わせるのではないでしょうか。つまり共感です。共感が、藤沢作品が愛される一番の理由だと思います。

普通——人によって概念が違います。普通とは何でしょうか。突き詰めて考えると、生きているだけで良い、元気だったら良いということだと思います。家族が増え、震災などを経験して、僕は「普通が一番」という言葉が本当によく分かるようになりました。先生はこの普遍的なテーマを描き続けていらっしゃったから、時代や世代を超えて愛されるのでしょう。

これからもチャンスがあれば藤沢作品には出演したいです。耐えて耐えて耐え忍ぶ、ピリッとした深みのある人間を演じたいです。時代劇に出演している役者ならば、「いつか藤沢作品に」と必ず思うのではないでしょうか。藤沢作品は我々役者にとって、特別なのです。

いつオファーが来てもいいように、日々運動し、身体(からだ)を鍛えています。だって「ヒガシ、あんなに身体がムクムクしていて藤沢作品やれるのか？」と言われたら口惜しいですから。

ひがしやま・のりゆき
神奈川県出身。一九七九年ジャニーズ事務所に入所し八二年に「少年隊」のメンバーになる。八五年「仮面舞踏会」でレコードデビュー、日本レコード大賞最優秀新人賞を受賞。九三年に同事務所で初めてＮＨＫ大河ドラマ「琉球の風」に主演した他、テレビ映画等出演多数。

「蟬しぐれ」（'05）　牧文四郎役

十代目松本幸四郎

「有名な作品だから」と軽い気持ちで手に取った『蟬しぐれ』の作品世界に圧倒されたのは二十代のことです。歌舞伎と全く逆で、行間が多くを語り、素晴らしい空気感をまとっており、非常に感銘を受けました。演じたいとか、そういう次元のお話ではありませんでしたので、三十代に入ってから文四郎役のお話をいただいた時には、喜びというよりも、不安と驚き、戸惑いが大きかったことを覚えています。映画に出演したことはありましたが、主演は初めてのことで、尚更不安に感じました。

同時期に滝田洋二郎監督作品「阿修羅城の瞳」の撮影をしており、金丸座（香川県）での撮影を終えた足で山形県に入り、翌日には「蟬しぐれ」の撮影をスタートしました。

元来、役を作り込むことによって色々な自分をお客様にお見せできると私は考えておりますので、撮影に入る前は、文四郎をどう演じようか、どういう風に台詞を言おうか、静かな演技とは何か、など色々と考えていました。ところが現地入りし、文四郎が暮らす海坂藩普請組組屋敷のオープンセットを前にして最初に思ったことは、「演じたらバレるな」。

セットは素晴らしいものでした。質素なかやぶき屋根の家々は完成後、一年間の四季を過ごさせ、雑草が生えていました。縁側の前には畑があり、金峯山、月山、鳥海山が一望に見渡せる。人の手で作られたものが完全に周囲の自然と溶け込んでいたのです。本物と見紛うセットと美しい自然を前にして、これは演じるということではないなと。役を作ると何かがバレてしまう気がして。そこでふっと頭に浮かんだ言葉が「丹田」。ひたすら丹田に想いを込め、演じるということでなく、「牧文四郎であること」が大事だと思い至ったのです。表現をしなくても感情が滲み出る、自分が文四郎そのものであるということでしょうか。

私はじっとしていられない性格で、少しでも時間があると、次に出演を予定しているお芝居のことを考えたり、近場に足を伸ばしたりと、忙しく動き回っているのですが、「蝉しぐれ」の撮影中はほとんど誰とも喋らず、静かに過ごしていました。文四郎が寡黙な人物だからでしょう。

撮影は緊張というよりも高い集中力を求められたので、実は撮影中のことをあまり覚えていません。セットからも分かるように、本物を追求した作品ですので、最後の蟬時雨（しぐれ）も本物の蟬の鳴き声。当然、撮影は盛夏に行われたのですが、あれだけの衣装を着込んでいるにも拘（かか）わらず、暑かったという記憶が一切ないのです。何もかも遮断し、集中して文四郎として存在していましたので、まるで夢を見ていたかのような、おぼろげな記憶があるのみです。

文四郎はふくとの最後の逢瀬（おうせ）で「生涯の悔い」という言葉を使っています。「忘れようと、忘れ果てようとしても、忘れられるものではございません」とも告げています。確かに文四郎は悔いていますし、ふくを想い続けてはいますが、しかし立ち止まらず生きている。忘れられない自分を敢然と受け入れて明日に向かって進んでいるのです。

運命というと抽象的ですが、文四郎はふくと自分の人生が二度と交わらないことを運命としてきちんと受け止めています。そこに葛藤（かっとう）はない。だからこそ非常に強い人物なのです。

文四郎がふくとの関係を変える機会がなかったとは言えません。二人きりになるシーンは何度かありますから。しかしふくへの想いを文四郎が爆発させると、ドラマテ

丹田に力を集中させて、文四郎の人柄が滲み出る芝居を心がけた。

ィックではありますが、「フィクション」になってしまうでしょう。小説だからそもそもフィクションだろうと言われればそうなのですが、劇的な展開にすると、それは作り手の作為としか感じられない気がしています。文四郎が自分とふくの運命を受け入れるのが当然で、それが文四郎という男の生き方なのです。小説というフィクションなのに、登場人物の動きが極めて自然で素直であり、あたかも実在するかのような本物の手触りがあるのが、藤沢作品の最大の魅力ではないでしょうか。

文四郎はいわゆるヒーローではありません。天才でもないし突出した人物でもない。そこがこの作品の魅力です。つまり文四郎は「普通」の人物だということです。しかし普通に生きるということは文四郎のように強さが必要なのです。決められたレールの上をきっちりと歩いて行くことがどれほど大変か。嫌なことがあったら逃げたり、別の道を探したりするほうが楽です。文四郎のように自分の運命をしっかりと受け止め、抗わず、まっすぐに生きていくのは一番力がいる生き方だと思います。

私の人生は歌舞伎役者になるのが生まれる前から決められていると思われていますが、役者にならなければならないという義務はない。それは決められた運命ではないのです。私の場合はたまたま記憶がない頃から歌舞伎が好きだったのでやっているだけ。嫌いだったら別の世界へ進めばいいだけの話なのですが、「なんで歌舞伎をやっていないの」と必ず言われます。歌舞伎の世界に入ったら親や祖先と比べられる人生。やらなかったらやらなかったで「なんでやらなかったの」と問われる人生。どちらに転んでも背負っているものは変わらないのです。私の場合はやると決めたのですから、歌舞伎に受け継がれている伝統をあえてきっちりと守り、その中で生き残ることができるか日々挑戦しています。

私は歌舞伎のために生を与えられたと願いたい。歌舞伎のためであれば役者を止めることもあるかもしれません。そうなったらどうしようと気持ちが揺れ動くこともありますが、しかし、歌舞伎をやることが私の運命なのだと信じたいです。

じゅうだいめ・まつもと・こうしろう
東京都出身。一九七九年三代目松本金太郎として初舞台を踏む。八一年七代目市川染五郎を襲名。九五年日舞松本流家元三代目松本錦升を襲名。二〇一八年十代目松本幸四郎を襲名。〇五年「阿修羅城の瞳」「蝉しぐれ」で第三十回報知映画賞最優秀主演男優賞と第十八回日刊スポーツ映画大賞主演男優賞を受賞。時代物の骨太な役に加え、上方歌舞伎や新作にも取り組み、海外交流にも尽力している。

「果し合い」（'15）「小さな橋で」（'17）「帰郷」（'20）監督

杉田成道

あまり他の方が指摘なさらないことですが、映像を作る立場から申し上げると、藤沢作品は非常に映像的です。登場人物の表情、辺りの光景が一読してぱっと浮かびます。

一般に小説というと、ひとつのシーンを延々と書き込みますから、どうしても長くなる。ところが藤沢さんの作品はひとつの場面がそう長くなく、場面切り替えのテンポが映像のそれに近い。あるシチュエーションを描くにしても、延々とたたみ掛けるのではなく、短くなったと思ったら長く……とリズム感がある。短篇はとくに顕著です。

観客は人間と人間の緊張感、つまり感情の空間を見ているわけです。この空間の密度がぎゅっとなったり緩んだり――これが映画のリズムで心臓の鼓動に合わせるように変わる。いわば映像の肝ですが、藤沢作品はこういう空気の変化があるんですね。小説の構成が極めて映画的。ひとつの状況が冗漫になりすぎず、かつ凝縮されすぎてもいず、と常に変化している。藤沢さんはご自分が作り出した状況を、ある種客観的に、まるでカメラを通してご覧になっているかのように執筆されていたのではないでしょうか。藤沢さんは映画が大好きで、映画館に足しげく通っていたとご家族からお話を伺ったときに、さもありなんと思ったものです。

藤沢作品には熱狂的なファンがたくさんいらっしゃいますから、映像化というとどうしても「原作に忠実か」が問題になってきます。もちろん設定は原作のままですが、不思議なもので、原作と一言一句違わずに台詞を言ったとしても、ちっとも面白くないのです。人間の身体を通ると、同じ文字でも全然違う表現になってしまうのですね。原作に書かれたようなシチュエーションで、書かれたような服を着て、書かれたように動いても、原作者が書こうとした人間の機微が映像では描き切れない。だから私は原作にエピソードや会話を加えています。そういう意味では、私は藤沢作品を扱いながら、藤沢作品ではないものを作ってきました。

もちろん役者の力量は大きい。役者同士のぶつかり合いの中で、物語そのものが躍動的になることもあります。

「小さな橋で」（二〇一七年）の時には、主人公のおまき役は松雪泰子（やすこ）さんがいいなと思ったんです。私が持っていたおまきのイメージは、竹久夢二が代表作「黒船屋」で描いた黒猫を抱いた女性。おまきは男に少しだらしがないので、ベターッとした雰囲気を出したくて、松雪さんはまさにその通りの表現をしてくださいました。松雪さんが立つだけで、小さくて汚い長屋のセットに色気が漂っていました。

「果し合い」（二〇一五年）に関しては、主演の仲代達矢さんありきです。仲代さんは以前から主人公の庄司佐之助を演じたがっていらしたので、まずは仲代さんをキャスティングして、そこから脚本を作り上げました。

藤沢作品の魅力は、人間の悲しさを描いているところではないでしょうか。剣が強い人間は強いなりに空（むな）しさを抱えているし、勝負に勝ったとしても必ず背負うものがある。生きていくことは苦いことなのだと言い、一方で孤独でありながら人を求めている。この味わいはまさに大人にしか分からないでしょう。

藤沢さんは若い頃に大病をされたから、人間がどこか悲しく見えてしまうのでしょう。結核による長い入院生活で、おそらく自分の生の限界を感じたに違いありません。私も長い間入院をしたことがあるので、実感を持って言えるのですが、ベッドの上で考えることは、「死」しかない。いずれは死ぬのだという悲しみ、それが藤沢作品全

2019年初夏、長野県木曾福島にて「帰郷」撮影中の杉田監督。
©「帰郷」時代劇パートナーズ

体に漂っているのだと感じています。

　また藤沢さんは自然に対する描写が非常に細やかです。風景描写に心情を重ねて描かれていて、これがまさに藤沢作品の真骨頂なのですが、絶対に映像化できません。カメラで同じ風景を映したとしても、藤沢さんがご覧になるからこその描写であって、誰が見てもそう感じるわけではない。カメラは人間の内側に入ることができないので、藤沢さんの内面までは表現できません。ですから自然描写はすべてカットです。

「小さな橋で」「果し合い」「帰郷」などの時代劇は京都の撮影所で撮影をしていますが、京都はあと何年持つか。非常に逼迫しています。時代劇の数が減り、従ってスタッフが生活できなくなり、撮影がないときにはタクシーの運転手をしたり、農業に従事してアルバイトをし、なんとか凌いでいます。それでも一人抜け、二人抜け……。このままでは衣装、結髪、美術、照明といった時代劇の技術が継承されなくなりますから、なんとか京都の助けになろうと、時代劇専門チャンネルでオリジナル作品を作り続けています。

　映画は商業的な色合いが強く、公的なものではないという通念が強くあります。しかし時代劇は日本の文化そのものです。中国や韓国のように国の十分な支援が必要だと私は考えています。

すぎた・しげみち
一九四三年愛知県生れ。六七年フジテレビ入社。八一年より「北の国から」シリーズを演出する。二〇〇一年、日本映画衛星放送（現・日本映画放送）代表取締役社長、二一年、同社取締役相談役に就任する。九〇年「失われた時の流れを」で第二十七回ギャラクシー賞大賞受賞。九八年「町」で第五十二回芸術祭大賞受賞。一〇年「最後の忠臣蔵」で第三十回藤本賞・特別賞を受賞。一七年「果し合い」でニューヨーク・フェスティバル・ドラマスペシャル部門にて最高賞の金賞を受賞するなど受賞作多数。

コラム

藤沢周平と「映画」

縄田一男

藤沢周平作品の最初の映像化は、「父と呼べ」を原作とした「お父ちゃん」（主演緒形拳　フジ　79年）であり、次いで、石井ふく子が名プロデューサーとして辣腕を振るっていた一話完結の日曜劇場枠における「小ぬか雨」（主演吉永小百合　80年）である。同枠では続いて「思い違い」（主演竹脇無我　81年）、「赤い夕日」（主演池内淳子　85年）、「ちきしょう」（主演大原麗子　86年）の三作が制作されている。「小ぬか雨」以下の三作は短篇集『橋ものがたり』からとられており、「ちきしょう」は「ちきしょう！」「遅いしあわせ」「女下駄」の三作を一本にまとめたもの。作品はいずれも藤沢作品らしい情感をたたえ、スタジオドラマの良さを生かしたセット作りは特筆に値する。

日曜劇場の作品はスカパー！などのTBSチャンネルで、時折放送される事がある。

一方、最初の連続ドラマ化は『神谷玄次郎捕物控』を原作とした「悪党狩り」（主

演尾上菊五郎　テレ東　80年）で、次いで『用心棒日月抄』を原作とした「江戸の用心棒」（主演古谷一行　フジ　81年）である。当時は、藤沢作品の映像化というよりは、「江戸の旋風」にはじまる〈江戸シリーズ〉の第七弾という認識の方が強かった。また、NHKは『獄医立花登手控え』を「立花登　青春手控え」（主演中井貴一　82年）として放映したのを皮切りに、二〇〇七年までに『用心棒日月抄』を映像化した人気シリーズ「腕におぼえあり」以下、「清左衛門残日録」（原作『三屋清左衛門残日録』　主演仲代達矢　93年）、「蝉しぐれ」（原作『蝉しぐれ』　主演内野聖陽　03年）等を放送した。

　ここで見落とせないのが、フジの時代劇スペシャルで放送された三作で、新藤兼人の闊達な脚本が、藤沢周平唯一の伝奇ロマンを巧みにまとめた「闇の傀儡師」（主演北大路欣也　82年）、原作のハードボイルド・タッチをよく活かした「彫師伊之助捕物覚え　消えた女」（主演中村梅之助　82年）、仲代達矢の重厚な演技が上質のフィルムノアールを思わせる「闇の歯車」（84年）と粒が揃っている。

　さらにもう一作、日テレで放送された「用心棒日月抄」（主演杉良太郎　89年）が、二時間ドラマとしては良くまとめられており、特に藤沢作品を意識しなければ、娯楽時代劇の典型として見る事が出来る。

ここでいよいよ、映画化作品に目を移せば、誰もが思い浮かべるのが、山田洋次監督の三部作であろう。

「たそがれ清兵衛」（主演真田広之　02年）、「隠し剣　鬼の爪」（主演永瀬正敏　04年）、「武士の一分」（主演木村拓哉　06年）の三作であり、製作はいずれも松竹等。

「たそがれ清兵衛」において、真田広之は時代劇スターとしての年輪を示し、特筆すべきは舞踊家である田中泯の圧倒的存在感であった。

この作品は興行的に成功し、残りの二作も続けて封切られる事になる。

これらと同時期に、『蟬しぐれ』を映画化する事に執念を燃やした黒土三男監督による「蟬しぐれ」（主演七代目市川染五郎　東宝等　05年）が登場する。この作品は読者の間で、前述のNHK版とどちらが優れていたか、かまびすしく議論された。〝海坂藩もの〟最大の人気作が志高い所で競作となった事はまことに喜ばしい。

この後、「山桜」（主演田中麗奈　「山桜」製作委員会　配給東京テアトル　08年）を経て、〈隠し剣シリーズ〉最高の映像化作品が登場する。それが「必死剣鳥刺し」である。

隠し剣の使い手として孤独に生きる兼見三左エ門を演じる豊川悦司、三左エ門を慕う血のつながらない姪を演じる池脇千鶴、その所作、立ち居振る舞い、殺陣と見事なまでの演技を示した吉川晃司――この三者は、藤沢作品の映像化における具現者としてほぼ完璧の域に達していたと言っていい。

二〇一〇年、この傑作を放った東映は、同年もう一本の力作を公開している。「花のあと」である。

主人公以登（北川景子）は、剣術の試合で、唯一、自分を剣士として認めてくれた江口孫四郎（宮尾俊太郎）が、藩の政争の中、理不尽な詰腹を切らされたと知るや、剣をとって黒幕と対峙する。以登にとって、剣によって孫四郎の想いに報いる事は、形を変えた恋情の発露であり、北川景子は、この微妙な心映えを殺陣に乗せて表現するという難しい役所に挑んでいた。

その後の藤沢周平原作の劇場作品には、「小川の辺」（主演東山紀之「小川の辺」製作委員会　配給東映　11年）があり、CS放送「時代劇専門チャンネル」を運営する日本映画放送が主体となり「果し合い」「遅いしあわせ」「冬の日」「小ぬか雨」「吹く風は秋」「小さな橋で」「帰郷」が作られた（「遅いしあわせ」「冬の日」は劇場公開なし）。

その中で、仲代達矢主演の「果し合い」はニューヨーク・フェスティバルでドラマスペシャル部門金賞を受賞、「帰郷」はフランス・カンヌで開催された世界最大の国際テレビ番組見本市「ＭＩＰＣＯＭ」で、アジアの作品としては初めてワールドプレミア上映される等、海外でも高い評価を得た。

また、北大路欣也は「三屋清左衛門残日録」（劇場公開なし）に主演、この作品はシリーズ化され、北大路欣也の近年の代表作のひとつとなった。

なわた・かずお

一九五八年東京生まれ。文芸評論家。歴史・時代小説を中心に文芸評論を執筆。著作に『時代小説の読みどころ』『捕物帳の系譜』など。『親不孝長屋』『七つの忠臣蔵』ほか編者を務めたアンソロジーも多数。

評伝 藤沢周平

後藤正治

故郷・鶴岡（つるおか）と長い坂道

長く、時代小説家・藤沢周平氏の一ファン読者だった。氏の故郷、山形県鶴岡市を歩く日があり、長女でエッセイストの遠藤展子（のぶこ）さんのご家族にお目にかかる機会もあって、藤沢作品の側面的知識を得ることにも恵まれた。

もとより、氏の人生の歩みは概略を知るだけであり、藤沢その人、および作品を全的に評するには能力を欠いている。というわけで、ここでは、私の好きな作品をいくつか特化して選び、偏愛的な評を加えてみたく思う。作品は、ほぼ時系列にそって選び出してみた。結果として、藤沢周平「評伝」になっていれば幸いである。

鶴岡を歩いたのは十数年前のこと。雑誌のグラビアに短文を添える仕事が舞い込み、喜んで引き受けた。生家跡、近隣の田圃、旧庄内藩の鶴ケ岡城跡、藩校・致道館、映画『蟬しぐれ』で使われた茅葺きの家屋などへ。さらに後日、市立藤沢周平記念館も訪れた。

生家跡の近くには高速道路が走り、往時の風景とは異なるが、こんもりと茂る裏山の杉林、遠くに霞む出羽三山の稜線は変わらない。

展子さんに会った折、藤沢さんは鶴岡の何がお好きだったのでしょうかと問うと、「少年期の農村の風景だったのではないでしょうか」という答えが返ってきた。致道博物館に残る江戸期の農機具や民具を見るのも好きであったという。

秋の日。刈り取りを待つばかりの、黄金色に染まった稲穂の波が広がっている。美田という言葉を想起する。あぜ道にたたずんでいると、どこからか虫の声が湧き、頬に触れる微風が心地よい。氏の愛した風土がふと知覚されるのである。

藤沢作品にしばしば登場する「海坂藩」は、鶴岡を城下町とした旧庄内藩をモデルにしたものであることはよく知られる。致道館は若い藩士が学んだ藩校であるが、質朴でつつましい藩風が伝わってくる。この地は氏の故郷であり、小説世界の舞台であり、さらに深い部分における、ある拠り所であったように思える。

『藤沢周平全集』（文藝春秋）の「年譜」によれば、藤沢周平（本名・小菅留治）は、一九二七（昭和二）年、山形県東田川郡黄金村高坂（現・鶴岡市高坂）の農家で生まれ、育っている。生家はすでにないが、敷地は空地として残っている。

この地から藤沢は、小・中学校（夜間部）に通い、印刷所や村役場に勤めた。終戦時が十七歳。戦後、山形師範に進み、卒業後、高坂に近い湯田川中学で教壇に立っている。

集団検診で肺結核が判明、学校を休職する。鶴岡の病院から東京都東村山町（現・東村山市）の病院に転院するのが一九五三（昭和二十八）年、二十五歳。県内での暮らしは四半世紀余に及んでいる。後年、藤沢は一人娘の展子を連れてしばしば帰省している。鶴岡は濃厚な故郷の地であり続けた。

結核との闘病は六年余に及ぶ。治癒を果たし、教員への復帰を企図するが、その道はもう閉ざされていた。やむなく知人の紹介で都内の業界紙に勤めるが、職場は定着せず、生活は不安定だった。

一九五九（昭和三十四）年、藤沢は鶴岡出身の三浦悦子と結婚、東京都練馬区内のアパートに住む。藤沢三十一歳の日である。翌年、日本食品経済社に入社し、ハム・

ソーセージの業界紙「日本加工食品新聞」の編集にたずさわる。「生活ようやく安定する」と「年譜」にある。

一九六三（昭和三十八）年二月、長女・展子を授かるが、同年秋、妻の悦子を進行性のガンで失っている。作家として出発するまで、藤沢は長い苦難の坂道を歩いている。ただ、振り返っていえばであろうが、この間に、多くの作家的養分を得ていたように思える。

どの作品を読んでも感服するのは、ごくなんでもない風景や情景の描写力であり、固有の光沢ある文体である。これはどこに由来するのか。

結核の療養中、藤沢は病院内の詩や俳句の文芸サークルに入り、俳句誌『海坂』（海坂藩はここからきている）に寄稿していたという。これ以前、山形師範や教員時代も同人誌に参加している。さらにさかのぼれば少年期から大いなる読書好きであり、これらをひっくるめたものが、天与の才を磨く役割を果たしたのだろう。

日本食品経済社を退職するのは直木賞を受賞した翌年で、それ以前を含めると、業界紙勤務は十七年に及んでいる。業界に長く身を置いた分、世と人の様（さま）をたっぷりと見知ったはずである。それがまた、小説世界での目線の低さと多彩な群像の登場に生かされているように思える。

初期短篇「木地師宗吉」

藤沢氏の没後、習作時の短篇が発見され、話題となった。

業界紙に勤務のかたわら小説を書きはじめたころの作品群で、一九六二（昭和三十七）年から六四年までの三年間、高橋書店発行の娯楽小説雑誌「読切劇場」などに掲載された短篇で計十五篇。『藤沢周平　未刊行初期短篇』として刊行された。文体やストーリー展開に滑らかさを欠くきらいはあるが、完成度の高い作品もある。とりわけ「木地師宗吉」は印象深い。

《「隠すことはねえやな。お前作り始めたんだろう」

「いいや」

「だが、いずれやる気だろう」

「まだ、決めちゃいないよ」

「いや、お前はきっとやる。お前も木地師だからだ」

しつこく、市五郎は言った。宗吉は、顔をそむけて舌打ちした》

書き出しである。庄内藩御用の「競作こけし」を作る一員に選ばれつつ、宗吉は吹っ切れない。父・善兵衛の域を超えられないことに苦しんでいた。

《(こけしは、木から生れる花みたいなもんだ)》

やまつつじ、アオハダ、だんごの木……素材をどうするか。轆轤を動かす綱取りがいるが、妹のお雪にできるか。市五郎は華麗な色彩の遠刈田こけしを出品してくる。墨と紅の素朴なこけしで対抗しうるか……。

さまざまに逡巡しつつ、宗吉はこけし作りをはじめていく。

そんなころ、江戸でヤクザ者になっていた兄・清次郎が十三年ぶりに帰ってきた。長身の、険しい表情の男になっていた。宗吉にカネを渡し、昼間は寝入り、暗くなると居酒屋に出向く。宗吉のこけし作りを見つめつつ、なにもいわない。

雪の夜、江戸から追っ手がやって来た。脇差を手に外へ出る間際、兄はこう言い残す。

《「宗吉、悪いことは言わねえ、やまつつじで勝負しな。アオハダは割れる。それにな、言いてえことは、お前程の職人が、どうしてお前のこけしを新しく作り出さねえか、ということだ。親爺のこけしを真似るのが能じゃあるめえ」》

清次郎は殺され、家には宗吉とお雪が残された。お雪はもらい子で、血のつながりはない。ひたすら宗吉を慕って生きてきた健気な娘だ。

アオハダが割れ、宗吉は飲み屋で泥酔し、喧嘩をして帰宅する。翌日の明け方、お雪の寝姿を見た宗吉に、ふと目も眩むばかりの考えが芽生える。「お雪、着ているものを脱いでくれ」。宗吉はようやく、親爺のこけしを超える着想を得た……。

こけし作りを素材とした新鮮なストーリー、個性ある登場人物、細やかな描写力、淡い官能美をたたえたラストの余韻……申し分のない出来ばえの短篇と思う。

前期作品群の色調——負のロマン

一九六〇年代半ばから後半、年齢でいうと三十代後半から四十代はじめであるが、藤沢は「オール讀物」新人賞に応募している。「北斎戯画」（最終候補）、「蒿里曲」（三次予選通過）、「赤い月」（三次予選通過）などである。

高澤和子と再婚するのが一九六九（昭和四十四）年。二年後、「溟い海」で「オール讀物」新人賞を受賞。さらに、同作、「囮」、「黒い縄」が直木賞の候補作となり、一九七三（昭和四十八）年、「暗殺の年輪」が受賞作となる。

この時期あたりまでを、作家・藤沢周平の前期の時代といっていいであろうが、物語をつつむ色調はおおむね昏く、重々しい。藤沢のいう「負のロマン」（『又蔵の火』

あとがき）に覆（おお）われている。

エッセイ「転機の作物」で、藤沢は当時の作風を振り返りつつこんな風に書いているところがある。

《私が小説を書きはじめたのは、いまから十年ほど前のことだが、そのころは暗い色合いの小説ばかりを書いていた。ひとにもそう言われたし、私自身当時の小説を読み返すと、少少苦痛を感じるほどに、暗い仕上がりのものが多い。男女の愛は別離で終わるし、武士は死んで物語が終わるというふうだった。ハッピーエンドが書けなかった》

続いて、自身「ひとには言えない鬱屈（うっくつ）した気持」を抱えていたとある。具体的には記していないが、長い結核との闘病、業界紙への転身を余儀なくされたこと、最初の夫人を若くして失い、救い得なかったこと、乳飲み子を抱えて往生したことなど、往時の日々を追想しての思いであることは容易に想像できる。

さらに、釣りやゴルフには興味なく、酒もあまり呑（の）めずギャンブルもしない。自身、家族持ちの、会社勤めの平均的な社会人であって、何かに狂うこともできない。

《しかし、狂っても、妻子にも世間にも迷惑をかけずに済むものがひとつだけあって、それが私の場合小説だったということになる。そういう心情の持主が小説を書き出したのだから、出来上がったものが、暗い色彩を帯びるのは当然のことである。物語という革ぶくろの中に、私は鬱屈した気分をせっせと流しこんだ。そうすることで少しずつ救済されて行ったのだから、私の初期の小説は、時代小説という物語の形を借りた私小説といったものだったろう》

直木賞受賞が四十五歳。遅い出発であり、藤沢はまたたく間に人気作家となり量産作家となる。そういう作家は稀(まれ)にいる。特筆すべきは、以降、短・中・長篇を問わず、駄作がないことだ。藤沢は体内に、汲(く)めども尽きない〈物語〉の源を宿していた。それもまた長い助走の時代に育(はぐく)んでいたものであるのだろう。

市井(しせい)短篇「暁(あかつき)のひかり」他

藤沢作品は大きく、「市井もの」「士道（剣客）もの」「歴史もの」に分けられる。まずは市井短篇でのお気に入り作品を上げておきたい。藤沢調が濃厚に現れる分野である。

「暁のひかり」。賭場(とば)の壺振(つぼふ)り・市蔵と、足の不自由な少女・おことの短く淡い触れ合いを描いている。

冒頭、市蔵が賭場を出て、夜明けの街へと歩き出す。「町はまだ眠っていて、何の物音も聞こえず、人影も見えなかった」。朝帰りの路上、疲れと倦怠を掃き清めてくれるような、朝の日が差してくる。

《——気分のいい朝だ》

大川の河岸で、市蔵は竹の棒を使って歩く稽古をしている足の悪い少女と出会う。転んだように見えて手を差し出すが、「構わないで」といわれる。一生懸命さが伝わってくる少女だった。

《「おじさんは夜なべしたの？」

「うむ。まあ、そんなものだ」

市蔵は何となくうろたえたように言った》

朝の路上での出会いが重なり、二人は次第に打ち解け、元鏡師だった市蔵は娘に手鏡を作ってやることを約束する。

《仕事場の話をするのは楽しかったし、鏡を作ってやると言ったのも、本気でそうしてやりたいと思ったのだった。少くとも、暁の光が微かに漂う河岸でおことと話しているとき、市蔵は、自分を堅気の人間のように思い続けていたのであった》

市蔵はかつて、鏡づくりを仕込んでくれた親方のもとを訪れ、密かに復帰することを打診するが断られる。もう職人の身体ではなくなっている、と。

やがて少女の姿を見かけなくなる。生家の蕎麦屋を訪ねると、風邪をこじらせて亡くなったという。「――これだから、世の中は信用がならねえ」。帰り道、憤怒に駆られた市蔵は、おことに手渡すつもりでいた鏡を路上の石にたたきつける。

暁の光の中に立ち現われたけなげな少女。市蔵にひととき、夢見ることを促してくれたが、時は戻らない。

市蔵は夜の世界に戻っていく。中盆の指示で、玄人筋の客にいかさま博奕を仕組むが、見抜かれてしまう。夜明けの路上、客と子分たちに取り囲まれる。こう締められている。

《赤味を帯びた暁の光が、ゆっくり町を染め、自分を包みはじめているのを市蔵は感じた》

「おつぎ」は、切なさという藤沢作品の調べを十全に伝えてくれる一篇。

三之助は畳表問屋の若旦那。料理茶屋の会合の席で、女中をしている幼馴染みのおつぎと出会う。往時、川掃除を業とする老人の孫娘だった。少年期の、こんな情景を憶えている。

老人は長柄(ながえ)の鎌(かま)を使って川の中にひっかかったものを流し、首の細いおつぎがそばに立ってその仕事を見ていた。

《老人と子供は言葉をかわすでもなく、一人は黙々と身体を動かし、一人は黙って立っているだけだったが、その光景から三之助が漠然と感じ取ったのは、ひとのしあわせというようなことだった。そこには商いの儲(もう)けだの行儀作法だのと、けわしい言葉がやりとりされる三之助の家にはない、不思議な平安があるように思われたのである。

――あのしあわせをこわしたのは、おれだ》

三之助には悔恨があった。当時、老人が近隣の隠居殺しの容疑で引っ張られたが、三之助は怪しい別人を目撃していた。そのことを番屋に行って話してみるというと、おつぎの顔に赤みがさし、「坐(すわ)ったまま三之助に手をさし出した」。

けれども、母に引き止められ、結局、三之助は番屋に行くことなく終わった。老人は奉行所の仮牢(かりろう)で病死したという。

再会し、過去の悔いを告白する。これっきりかね、と問う三之助におつぎは応(こた)える。

《おつぎは坐り直して三之助を見つめた。そして黙って手を出した。言葉のかわりに手をさし出す癖が残っていた》

おつぎは姿を消す。借金の棒引きを含みに、大手畳表問屋の「あばずれ」と三之助の縁談をすすめる母と、両家の仲をとりもつ美濃屋(みのや)に脅し上げられたからに違いない。三之助はおつぎを探して夜の町をさまよう。「もう一度、おつぎを裏切るようなことになれば、おれは人間ではない」とつぶやきながら。

「驟り雨(はしりあめ)」は、人の心の動きの妙をとらえた人情話風の一篇。

研ぎ屋・嘉吉の別稼業は盗人である。闇(やみ)の夜、神社の軒下で、俄(にわ)か雨が通り過ぎるのを待っている。雨がやみ次第、向かいにある古手(ふるて)問屋の大津屋に忍び入る算段だ。間が悪く、境内に、若い男女が現われ、会話が耳に入ってくる。どうやら同じ店の若旦那と奉公人らしい男女で、痴情(ちじょう)めいた話をしている。

《――ガキめら！　早く失(う)せやがれ》

嘉吉は腹の中で悪態をつく。

雨足が弱まり、男がふたり現われる。「巳之(みの)」「兄貴」と呼び合うふたりは堅気ではないようだ。やがて、匕首(あいくち)が光り、二人はもつれ合い、刺した男は闇の中に消え去る。刺された男も立ち上がり、ふらふらと歩き出した。

《――その調子だ。しっかりしろい》

身を案じたのではない。くたばるなら少しでも遠くへ行ってからにしろと思ったのである。

雨はほとんどやんでいた。さあ、いよいよと思ったところへ、病身らしい女と女の子が現われる。身の上話が洩(も)れ聞こえてくる。どうやら女と子を捨てた男は別の若い女と暮らしているらしい。せめて店賃(たなちん)を出してほしいと出向いたところ、追い返されたようだ。

なんたる人でなしだ。嘉吉は憤(いきどお)りに駆られた。かつて嘉吉は身ごもった女房を失った過去があり、それが裏稼業へ入る要因ともなった。目の前の女と子が、ふと死んだ女房とわが子のように思われた。思わず軒下から飛びだし、よろめく病身の女を背負い、子どもの手を引いていた。

《ついさっきまで、息を殺して大津屋にしのびこむつもりでいたなどとは、とても信じられなかった。雨はすっかりやんで、夜空に星が光りはじめていた》

世話物を素材にした上質の古典落語を聞いたあとの余韻にも似た読後感がする。名人芸というべきなのであろう。

士道（剣客）短篇 「山桜」他

士道（剣客）ものの短篇では、「隠し剣」シリーズからも含め、印象度の強い作品を選んでみた。

「山桜」の主人公は、結婚運の悪い、野江。最初に嫁いだ先では夫に死なれ、実家に戻る。再婚した磯村家は、「一家挙げて蓄財に狂奔しているような家」で、夫は野江を「出戻り」と侮(あなど)っている。

暗い日々を送る野江が、丘の谷間を歩いているさい、山桜が咲いているのが目に入る。ひと枝ほしくなって、頭上に手を伸ばすが、とどかない。

《「手折って進ぜよう」》

突然、声がした。二十七、八の長身の武士で、手塚弥一郎と名乗った。再婚の縁談のさい、耳にした名だった。その折は、母一人、子一人の家ということで、なんとなく話は流れた。

《「いまは、おしあわせでござろうな？」

「はい」

「さようか。案じておったが、それは重畳」
弥一郎はもう一度微笑を見せ、軽く手をあげると背をむけた。今度は大股に遠ざかって行った》

弥一郎が若き日から自分に好意をもっていてくれたことを耳にする。

《活けた桜の花のむこうに、手塚弥一郎の笑顔がうかんでいるのを感じながら、野江は自分が長い間、間違った道を歩いてきたような気がしていた。だがむろん、引き返すには遅すぎる》

手塚は奸物の組頭を斬り、獄舎にて処分を待つ身となる。夫から「去り状」をもらった野江は、はじめて手塚の家を訪れる。やさしく迎え入れてくれた母を前に、涙しつつこう思う。

《とり返しのつかない回り道をしたことが、はっきりとわかっていた。ここが私の来る家だったのだ。この家が、そうだったのだ。なぜもっと早く気づかなかったのだろう》

人はだれも、しばしば道を誤る。再出発は不可能なように見えてまた道はあるものだ。二人の行く末は記されていないが、行間に込めた思いが伝わってくる。

「暗殺剣虎ノ眼」は、ミステリー色濃い「隠し剣」のなかでも、とりわけどんでん返しがきいた一篇。

組頭を勤める牧家の娘・志野は、婚約のととのった許婚（いいなずけ）、清宮太四郎と逢瀬（おうせ）を重ねている。太四郎は眉目秀麗、空鈍流の免許取りの剣客だ。家の禄高（ろくだか）も釣り合って、申し分ない相手である。

凶作続きの海坂藩は、藩財政の再建に苦慮していた。志野の父・与市右エ門は、執政会議の席で江戸での藩主の遊興を批判、藩主の逆鱗（げきりん）に触れる。そのせいで、闇夜、上意討ちされる。

刺客は闇の夜の秘剣「虎ノ眼」の遣い手だった。兄・達之助は太四郎を討手（うって）と見込み、道場の対抗試合で白黒をつけんとする。

――歳月が流れた。志野は納戸（なんど）役（やく）を勤める寡黙（かもく）で平凡な男、兼光周助のもとに嫁ぎ、息子の誠助を授かり、育てている。夜、庭にいる親子を呼びに出ようとしたとき、夫の声がした。

《「星を見たか。よし、今度はそこにある石を見ろ。石も、星のようにはっきり見えてくるものだ。そう見えるまで、眼を凝らせ」

はい、父上と言う誠助の声がした。日ごろの無口が、ずいぶん熱心に喋（しゃべ）っているこ

《――ふむ、徳平め！　お前に家禄安堵させてやったのは俺だ。お前が仕えた主は誰か。お前は島村や加世の仲に気付いていたのではないか。なのにお前はそれを黙っていた。主を裏切った者は斬る。しかし俺の内部で何かが動いた》

と、と志野はおかしくなった。だがそのとき、志野の内部で何かが動いた》
　ここまで、思い当たることがいくつかあった。ラスト、「膨らんでくる疑惑の中に志野は茫然と立ちつくしていた」で終わっている。もしそうであるとしたら……。極めつきのホラー作品である。

「盲目剣谺返し」は、士道ものの人情話である。

　三村新之丞は道場では麒麟児と呼ばれる英才だったが、毒見役で貝の毒に当たり、盲目となる。妻の加世と老僕・徳平に支えられて生きている。

　加世は控え目な女であるが、新之丞は男の影を感じるようになる。寺詣りの帰り、茶屋街で見かけたという話も入ってくる。やがて加世は白状する。上司の近習組頭の島村藤弥に家禄安堵の見返りに身を任せたという。

　ところが家禄安堵に島村の介在などなく、加世はたばかられていたのだった。新之丞は加世を離縁、島村と果し合い、秘剣・谺返しのひと太刀で島村を倒す。

　徳平の手料理にもあきあきした――。新之丞の愚痴に、徳平は女中をひとり雇いましょうと応える。

《――ふむ、徳平め！

その夜、床についてから、新之丞は苦笑した。ちよという名で、いま台所わきの小部屋に寝ているはずの女が、離縁した加世だということはもうわかっていた。汁の味、おかずの味つけ、飯の炊き上がりのぐあいなどが、ことごとく舌になじんだ味だったのである》

三人の、平安の日々が戻ってきたようである。本作は「武士の一分」という表題で映画化されたが（監督・山田洋次、主演・木村拓哉／檀れい）、藤沢作品の品格と情感を損なわない、出来のいい映画だった。

歴史中篇「逆軍の旗」

藤沢の歴史小説（長篇）といえば、中後期の『密謀』、『市塵』、『漆の実のみのる国』などが浮かぶが、直木賞を受賞した年に執筆した、明智光秀を主人公にした中篇「逆軍の旗」を印象深く読んだことを記憶している。

藤沢は本篇を収録した『逆軍の旗』（青樹社）のあとがきでこう書いている。

《「逆軍の旗」は、戦国武将の中で、とりあえずもっとも興味を惹かれる明智光秀を書いたものだが、書き終わって、かえって光秀という人物の謎が深まった気がした。

こういうところが、私を小説のテーマとしての歴史にむかわせる理由のひとつである》

史実的には、光秀は生年や生国も不明という。その分、作家の想像力を喚起するのだろう、数多くの「本能寺の変」があるが、迫真の心理描写において本作は群を抜いているように思える。

時は今あめが下しる五月哉――。光秀が変を起こす寸前、愛宕神社で開かれた連歌の会で披露した発句である。

叛旗への揺るぎない決意を込めた句であるとされるが、本篇での光秀像は、思慮深く、決意してなお複雑な思いに揺れる武将として描かれている。

鉄炮に秀で、朝倉家の客分だった光秀は主君を信長へと変える。武功を重ね、やがて軍団を預かる師団長となるが、叡山の殺戮、長嶋一向衆の皆殺し、荒木一族の焼き殺し……など、信長に宿る狂気を見、抜きがたい違和と乖離感が深まっていく。さらに信長は、過去のしくじりを決して忘れない主であり、いつか刃がこちらを向く……。

この時期、信長の各軍団は、中国、北陸、関東にあり、わずかな手勢とともに京に入った信長は裸同然だ。

《ほとんど酩酊に近い誘惑が、光秀を襲っている。そこに信長の運命が、暗い裂け目を見せているのを、光秀は覗き込んでいた。信長は、射程距離の中にいた。信長を呑みこもうとしている暗い亀裂の底に、光秀は己れ自身の死臭も嗅いでいる。（中略）兵略の枠を尽くしても、こんな機会を作り出すことは出来まい。そう思うと、背筋に戦慄が走った》

決意を打ち明けられた側近の弥平次秀満に「一族が亡ぶような企てには、加担は出来ませんぞ」といさめられると、光秀は「叛かなくとも滅びるな」と口にする。同じ滅びるなら、この好機を逃しては千載、悔いを残す。そうであるなら……。

夜半、亀山城を出、中国路へ向かうはずの一万三千の軍勢は、急遽、進路を京へと転じ、本能寺を急襲する。

朝、信長を討ち取った光秀の心境はこう記されている。空は明るい。

《虚しい思いが、突然に光秀を摑んだのはこのときである。長い間無気味な権力の下にいた。それは黒く重く垂れこめて動かない雨雲のようにうっとうしい存在だったのである。いまその権力が消滅したという実感がある。だがなぜか喜びは湧かず、雨雲が去った頭上の空のように、空虚な明るさだけがあった》

明智軍団の面々は、光秀を次の天下人へ押し上げんとして奮闘した。「虚しげなものを覗きみたことを、この者たちに覚られてはならぬ」。将兵の担ぐ神輿に乗るのが大将のつとめだ。光秀はそれを演じ、次々と幕僚たちに指令を発しつつも胸奥の虚しさは消えない。

ラスト、西方から秀吉率いる大軍団が迫る中、京の南東、洞ヶ峠(ほらとうげ)で野陣を敷きながら、孤立しつつある光秀陣営の情景を点描して物語は終わっている。

光秀その人は、このような人であったのかもしれないとリアリティをもって迫ってくるものがある。それは多分に、著者の藤沢が、生身の光秀を手元に引き寄せ、この状況下に置かれたら自身どう選択したか、どう感じてどう動いたか、という思いをめぐらせつつ筆をすすめたことに由来するのだろう。

作風の転機 『用心棒日月抄(じつげつしょう)』

先に引用したエッセイ「転機の作物」で、藤沢はこう記している。

《書くことだけを考えていた私が、書いたものが読まれること、つまり読者の存在に気づいたのはいつごろだったのか、正確なことはわからない。だが読まれることが視野に入って来ると、私の小説が、大衆小説のおもしろさの中の大切な要件である明るさと救いを欠いていることは自明のことだった》

さらにこう続けている。

《しかし表現の改変などというものが、意識してそう容易に出来るわけはなく、それはある時期から、ごく自然に私の小説の中に入りこんで来たのだった。かなり鈍重な感じのものにしろ、それはユーモアの要素だった。そのことを方法として自覚したのが、「小説新潮」に連載した『用心棒日月抄』あたりからだということは、かなりはっきりしている》

主人公・青江又八郎は北国の小藩の出身。故あって許婚の父を切って脱藩、江戸へと逃れて浪々の身となり、裏店(うらだな)暮らしを余儀なくされる。国元からの刺客を撃退しつつ、日銭を得るために口入れ屋「相模屋(さがみや)」の世話で用心棒稼業に手を染める。

仕事はといえば、町人の妾(めかけ)の飼う犬の番、稽古事に通う商家の娘のつきそい、夜に出歩く旗本の護衛などなど。人足仕事のときもある。

用心棒とはいまでいうフリーランスの請け負い業であって、一日二分（二日で一両）あたりが良き手間賃。半月で五両という場合もあり、雇い主が夜鷹(よたか)で手間は晩飯、というのもある。いずれにせよ、請け負った限り、白刃の下に身をさらして雇い主を守り抜く。

時は元禄。折々の仕事先で、吉良(きら)邸への討ち入りを企図する赤穂(あこう)浪士と鉢合わせて……というのが横糸の物語となっている。

物語の色調は軽妙でどこかユーモラスだ。相模屋の主人、吉蔵。狸に似た風貌のオジサンで、手間賃は吝く、食えない親父ではあるのだが、親切なところもなくはない。髭面の大男で、六人の子持ちである用心棒、細谷源太夫ともども味のある脇役を担っていく。

用心棒シリーズは『孤剣』『刺客』『凶刃』と続き、執筆期間は通算十五年に及んだ。『刺客』のあとがきで、藤沢はこう記している。

《用心棒シリーズは、もともとは忠臣蔵を横から眺めるという体裁をとった最初の一冊、「用心棒日月抄」だけで終るはずだった小説である。

それが「孤剣」、「刺客」と書きつづけることになったのは、ひとえに編集者のそそのかしによるものだが、そのそそのかしに乗ったのは、作者の側にも小説の中の登場人物とのつき合いをたのしむ気分が生れていたということだろう》

第一巻『用心棒日月抄』の終わりから佐知が登場する。藩の陰組織の頭目の娘。短刀術の使い手で、ときに黒装束に身を包み、江戸屋敷の配下の女忍びたちを差配する。

当初、敵対した二人であったが、やがて又八郎が佐知を、また佐知が又八郎を助勢しつつ、刺客や公儀隠密たちと闘う。白刃の下をくぐり抜ける中、二人はいつしか惹かれ合う。当初はつつましい情事であったのが、物語の推移とともに官能の色濃い世界へと移行していく。

男を愛するなかで陰の女の情念は深まるが、佐知が冷徹なまでに任務を遂行する職業的婦人であることは動かない。国元には又八郎の妻と子もいる。不義ではあろうが、佐知の凛（りん）とした気配と姿勢は変わらない。藤沢が造形した数々の女たちのなかで最も魅力的である。

ハードボイルド調『消えた女』

《暮れ六ツ（午後六時）の鐘を聞くと、伊之助は彫り台にかぶせていた胸を起こし、道具箱に鑿（のみ）や木槌（きづち）をしまった。そして立ち上がると膝（ひざ）の木屑（きくず）をはらい、前垂れを取った》

「彫師伊之助捕物覚え」シリーズの第一作、『消えた女』の書き出しである。

確か、藤沢作品で私が読んだ第一作であったと思う。幸運だったというべきであろう。ハードボイルド調の、リズミカルな文体に乗せられ、どんどんと読み進んだことを覚えている。

伊之助はかつて「剃刀の伊之」と呼ばれた凄腕の岡っ引きだったが、稼業を嫌った恋女房が他の男と心中してからは、足を洗い、もとの版木彫り職人にもどった。

店賃が払えてメシが食えればそれでいい。だれにもあてにされたくないと思っている。幼馴染みで、飯屋を営むおまさにも。伊之助に染み入った喪失感は、折々にふっと顔を出す。それが物語のクールな色調を醸し出している。

裏店の住む家に帰ると、人が待っていた。かつて捕り物の業を仕込んでくれた元岡っ引き、老いた弥八だった。懐からこよりを結んだ簪を取り出す。こよりには、弥八の娘、おようの書いた一筆がしたためられていた。

――おとっつぁん　たすけて

弥八に頼まれ、伊之助は重い腰を上げ、消えた娘の探索に乗り出す。不機嫌面の版木彫りの親方の目を盗みつつ、周辺の聞き込みからはじめていくのであるが、やがてのめり込んでいく。根が、捕り物好きなのだ。そのあたりの呼吸がよく伝わってくる。

おようの亭主で遊び人の由蔵、賭場を仕切る中盆、胴元の新田の辰、密告屋にして殺し屋の兼吉、怪盗ながれ星、同心・半沢清次郎と石塚宗平、材木屋・高麗屋の主人とおかみ……など登場人物は多彩だ。

聞き込みを重ね、由蔵の後をつけまわし、襲撃され……伊之助は事件の真相に迫っていく。事件の黒幕は高麗屋だった。おようの失踪には、役人接待の席での醜態と過去の事件がからまっていた。対決の場で、伊之助は身につけた体術で悪党どもを叩きのめすが、自身も手傷を負い、おまさの介抱を受けてようやく安らぎを覚えるのだった。

悪党の仲間割れで高麗屋が殺され、おようへの手がかりが切れてしまう。仕事場の彫藤で、たまたま扱った美人画の版下絵からおようを見いだす。伊之助は切り見世に踏み込み、ようやく路地奥の狭い部屋で病臥した消えた女を見つけ出す。

ラスト、こう記されている。

《「わたしが誰か、わかるかね。伊之助だ。迎えにきたぜ」

おようはしばらく黙って伊之助を見つめた。そしてつぶやくように言った。

「伊之助さん？」》

《おようはふるえながら、しっかりと伊之助の首に手をからませて眼をつむっていた。空き駕籠が来るのを待ちながら、伊之助は早春のひかりの中に立ちつづけた》

早春のひかりの中に立ちつづけた――という言葉を反芻しつつ、しばしぼんやりしていた。この作者の作品はこれからずっと読んでいこうと思ったことを記憶する。

伊之助は寡黙であり、彼が歩く江戸の街々はモノクローム風の色彩が似合う。往時の、フランスのフィルム・ノアール（暗黒映画）の名作を思い浮かべたりした。藤沢は映画好きで、海外のミステリー小説のファンでもあると知って首肯するものがあった。

「彫師伊之助捕物覚え」はシリーズとなり、『漆黒の霧の中で』『ささやく河』と続いていく。『ささやく河』は完成度の高い復讐（ふくしゅう）物語である。

青春の物語『蟬しぐれ』

『蟬しぐれ』は、海坂藩を舞台にした唯一（ゆいいつ）の長篇である。藤沢の代表作のひとつであろう。一九八六（昭和六十一）年、山形新聞などで連載がはじまり、二年後、単行本として刊行された。六十歳。集大成の作品という思いがあったように思える。

冒頭近く、朝の田圃の風景をこう記す。

《いちめんの青い田圃は早朝の日射しをうけて赤らんでいるが、はるか遠くの青黒い村落の森と接するあたりには、まだ夜の名残の霧が残っていた。じっと動かない霧も、朝の光をうけてかすかに赤らんで見える。そしてこの早い時刻に、もう田圃を見回っている人間がいた。黒い人影は膝の上あたりまで稲に埋もれながら、ゆっくり遠ざか

って行く》

ごくなんでもない早朝の田園風景の描写ではあるが、農家に生まれ育った藤沢の、農というものへの慈しみが伝わってくるようである。

なによりみずみずしい青春の成長物語である。牧文四郎は、普請組の下級武士たちが暮らす組屋敷に住む十五歳の少年。屋敷の裏手には清らかな小川が流れている。隣家に住むふくも同じ身の上の、三歳下の少女である。

朝、ふくの悲鳴がして、足もとから蛇が逃げ出して行く。

《青い顔をして、ふくが指を押さえている。

「どうした？　嚙まれたか」

「はい」

「どれ」

手をとって見ると、ふくの右手の中指の先がぽつりと赤くなっている。ほんの少しだが血が出ているようだった。

文四郎はためらわずにその指を口にふくむと、傷口を強く吸った。口の中にかすかに血の匂いがひろがった》

父・助左衛門は、嵐の日、川の堤を切る箇所を変更させて稲田の被害を防ぐ。「父を見習いたい」と文四郎は思う。政争に巻き込まれ、父は叛逆罪で刑死する。文四郎はその遺骸を曳き車に載せ、嘲り声の聞こえる中、一人で運んでいく。そこへ、小走りに駆けて来る少女の姿があった。

《ふくはそばまで来ると、車の上の遺体に手を合わせ、それから歩き出した文四郎によりそって梶棒をつかんだ。無言のままの眼から涙がこぼれるのをそのままに、ふくは一心な力をこめて梶棒をひいていた》

　家禄を減らされ、罪人の子となった文四郎であるが、剣の道の英才となっていく。幼馴染みの友人は学問の道に進んでいく。

　思春期、文四郎とふくは心通わせるときが幾度もあった。江戸屋敷の奥につとめることが決まった日、ふくは文四郎のお嫁にしてほしいと頼むつもりで家を訪れるが、文四郎は不在だった。

　やがてふくは主君の側室となり、二人は別々の世界で生きていく。世継ぎ争いのからまる政争がぶり返し、両派の権力闘争が複雑に進行する。国元に帰った「お福さま」とその子に凶刃が襲うが、文四郎が撃退する。このあたりはやや活劇調であるが、権力というものへの藤沢の視線は常々さめている。伝わってくるのは、世に絶対的正義などないという〝相対史観〟である。

——二十年余の歳月が過ぎた。藩主は亡くなり、お福さまの子は大身旗本の養子となり、成人している。文四郎（助左衛門）は郡奉行となり、一児の父親となっている。お福さまが便りを寄越し、二人は生涯にただ一度、海辺の湯宿で逢瀬を果たす。

《「文四郎さんの御子が私の子で、私の子供が文四郎さんの御子であるような道はなかったのでしょうか」（中略）

「それが出来なかったことを、それがし、生涯の悔いとしております」》

別れのときがきた。ラストの数行は、おそらく、藤沢作品の中でももっとも印象的な、自然の、あるいは心象風景の描写であろう。

《お福さまに会うことはもうあるまいと思った。

顔を上げると、さっきは気づかなかった黒松林の蟬しぐれが、耳を聾するばかりに助左衛門をつつんで来た。蟬の声は、子供のころに住んだ矢場町や町のはずれの雑木林を思い出させた。助左衛門は林の中をゆっくりと馬をすすめ、砂丘の出口に来たところで、一度馬をとめた。前方に、時刻が移っても少しも衰えない日射しと灼ける野が見えた。助左衛門は笠の紐をきつく結び直した。

馬腹を蹴って、助左衛門は熱い光の中に走り出た》

夏の日、頭上に蟬の鳴き声を耳にすると、ふと脳裏をよぎる文となっている。

晩年の境地　『漆の実のみのる国』

『漆の実のみのる国』は、藤沢最後の長篇で、「文藝春秋」一九九三（平成五）年一月号よりはじまり、中断をはさみつつ、四年余連載が続いた。一九九七（平成九）年一月、藤沢が六十九歳で亡くなって後、刊行された。

江戸中期、第九代米沢藩主、上杉治憲（はるのり）（鷹山（ようざん））は名君として名高いが、鷹山が藩の建て直しと財政再建に苦闘する姿を描いている。

関ケ原で西軍に属した上杉家は、領地を三十万石（のち十五万石）に削られ、多くの藩士を抱えたまま貧窮する。凶作、天災、幕府の普請……などが続き、藩財政はいよいよ窮し、公儀へ封土返上を検討するまでに追い詰められる。

十七歳で藩主となった鷹山は、「大倹令」を発し、自身、木綿を着、「一汁一菜」の質素倹約からはじめる。藩校を興し、人材を登用し、荒地の開拓、産業振興を促した。側近の執政として、前・中期、鷹山を支えたのが竹俣当綱（たけのまたまさつな）、中・後期が莅戸善政（のぞききよしまさ）である。竹俣の勇断ではじまった漆、桑、楮（こうぞ）の百万本植立て計画は、財政再建の起死回生の策と期待されたが、後年から見れば、漆から作る蠟（ろう）では西国産の良質の櫨蠟（はぜろう）に押され、漆は期待されたほどの収益をもたらさなかった。

様々な策が実らない藩政に疲れ果て、竹俣は藩法を破って辞任、蟄居（ちっきょ）させられる。莅戸は慎重かつ粘り腰の男で、一旦（いったん）は退（ひ）くが中老にカンバック、隠居した鷹山とともに再びの藩再建に乗り出していくあたりで物語は終わっている。絹織物の米沢織が特産品となり、藩財政が好転するのはこの後である。

総じて、藩政改革のサクセスストーリーではなく、徒労と疲労感の漂う物語であるが、鷹山は小さな明かりに希望を見出（みいだ）し、「それでも」「それでもなお」と倦（う）まずに挑んでいく。そのような生身の鷹山像を描くことが本書のモチーフとなっている。それはまた、藤沢の晩年の心持ちでもあったのだろう。

テーマ性の反映でもあろう、筆致はいつにも増して淡々とし、かつ重厚である。ベートーヴェンの後期弦楽四重奏を聴くがごときものを覚えた。

本作の連載時、藤沢は肝炎などの持病が進行し、入退院を繰り返している。病院から一時帰宅していた時期、一階のダイニングテーブルで、最終回用の原稿を書いた。そんな父の様子を見つつ、もう二階の書斎で書くのもつらいんだろうなと展子さんは思っていた。

原稿は六枚と短い。いつものきれいな字体と比べていえば、筆圧は弱くて乱れ気味で、挿入や訂正箇所も多い。気力を振り絞って書いたという気配が残っている。ラストの段格、こう記されている。

《竹俣当綱によって、漆の実が藩の窮乏を救うだろうと聞いて心が躍ったとき、漆の実は、秋になって成熟すれば実を穫(と)って蠟にし、商品にすると聞き、熟すれば漆は枝先で成長し、いよいよ稔(みの)れば木木の実が触れ合って枝頭でからからと音を立てるだろう、そして秋の山野はその音で満たされるだろうと思ったのだ。収穫の時期が来たと知らせるごとく。

鷹山は微笑した。若かったとおのれをふり返ったのである。漆の実が、実際は枝頭につく総(ふさ)のようなもの、こまかな実に過ぎないのを見たおどろきがその中にふくまれていた》

鷹山が浮かべた微笑は、書き手が、自身の歳月を振り返って浮かべた微笑でもあったと解してもいいのだろう。

ごとう・まさはる
一九四六年京都市生まれ。七二年京都大学農学部卒。ノンフィクション作家。
九〇年『遠いリング』で第十二回講談社ノンフィクション賞、九五年『リターンマッチ』で第二十六回大宅壮一ノンフィクション賞、二〇一一年『清冽―詩人茨木のり子の肖像』で第十四回桑原武夫学芸賞をそれぞれ受賞。近著に『天人』『拗ね者たらん』『奇蹟の画家』『拠るべなき時代に』など。

コラム

父にとっての家族

遠藤展子

父は昭和二年（一九二七）十二月二十六日、山形県東田川郡黄金村（現在の鶴岡市高坂）の農家に生まれました。その日は大雪だったそうです。父・繁蔵、母・たきゑの次男として誕生しました。兄弟姉妹六人の大家族です。二人の姉は優しく、兄は世間からは少し外れたところのある人ではあったようですが、父にとっては農家の長男として、一生尊敬する存在でした。

父が時代小説を書くようになったのは、心に抱えた鬱屈を表現するのに、江戸時代は生々しくなりすぎないので都合が良かったからでした。父は時々、小説の中に自分の体験ではないかと思うことを書いています。私は社会人になってから父の小説にはまって、次々と読みました。その時は純粋に小説の内容が面白いと思って、一読者として読んでいただけでしたが、年を重ねて家の様々な事情も少しずつ分かってくると、小説の中に父を取り巻く家族の話が書かれていることに気が付き、その時々父はそんな風に思っていたのか……、とだんだんに理解が出来るようになりました。

父と生母（悦子）が結婚し、一つの家族が出来ました。兄は生まれてくることは出来ませんでしたが、私が生まれ、これから楽しい生活が出来ると思った矢先に、母は病気になりました。

父の小説に「たそがれ清兵衛」（新潮文庫『たそがれ清兵衛』所収）があります。城勤めの井口清兵衛が、たそがれ時になるといそいそと家路につき、病に臥せっている妻の為に家事をこなす生活がリアルに描かれています。この話を読んだ時に、最初は父と祖母と私の三人暮らしだったときのことを元に書いているのだろうと思っていました。けれどここにはもう一つ、私の生母が癌で倒れたことも含まれているのだと、父の遺した手帳を読んで気が付きました。

清兵衛が下城して家に着くまでの間に買い物をするのは、父の日常と重なります。母の看病をしていた頃から、母が亡くなって父子家庭になってからも欠かせない日課でした。

母は私を産んで二カ月半過ぎた頃に体調を崩して入院することになりました。当時の父の手帳には「洗濯終り1時。洗濯物を干して窓を閉じる。展子はおとなしく寝ている。寝ていたら寝ているで悲しく、さっきのように泣けば泣いたで悲しい。4、5日の辛抱だ。がんばらなくっちゃ。」「早く元気になって、親子三人暮らさなくちゃ」と書かれていました。母のことを心配し悲しくても、赤ん坊のいる日常生活は待ってはくれません。まさかこの生活がこの先ずっと続くとはまだ三十代の父は思ってもいなかったことでしょう。その後、母が亡くなって田舎から祖母に来てもらい、祖母と父と私の三人の生活が始まります。

翌年の五月、田舎から呼び寄せた祖母が具合が悪くなり寝付いてしまいました。「私は今夜、眠たい展子をからかったりして無理に遊んだ。淋しくてならなかったのだ。老いた母は昏々と眠っており、展子は小さい生命。これが私の家族なのだ。悦子はもういない。これが人生というものだろうか。」このときの父の心の中は、私には想像がつかないくらい淋しいものだったのだと思います。

清兵衛が城を出て、買い物をして家に帰り、買ったものを置いて着替えをする一連の場面は、父の生活そのものが描かれているのです。父自身がまさに「たそがれ清兵衛」でした。そうした体験が小説の中で生き、読んでいる人がより現実味を感じるのだと思います。清兵衛が買って帰った葱と豆腐は、父が好きな豆腐の味噌汁の具でした。「おまえさま、今夜の豆腐汁は味がようございますこと」「食事の支度も、だんだんと手が上がるものと見えますな。申しわけございませぬ」清兵衛と妻の奈美の会話がまるで父と生母の会話のように感じます。

食べ物と言えば、父の故郷の庄内地方は海も山もあるので美味(おい)しい食べ物に恵まれた土地柄です。米はもちろんですが、春には孟宗竹(もうそうだけ)、夏はだだちゃ豆や小茄子(こなす)の漬物、秋には口細カレイ、冬はハタハタの湯上げなど。夏休みに親戚(しんせき)の家に行った時に食べる畑から取れたばかりの野菜の味は今でも忘れられません。一つ一つの物の味が濃いのです。「トマトってこんな味だった?」とこの時初めて感じました。父が食べるものにあまり執着を持たないのは元々の性格かと思っていましたが、今思うと故郷で美味しい食べ物に恵まれていたので、東京に来てから、めっきり食に興味が無くなったようでした。小説に出てくるのは、もっぱら田舎の食べ物です。昔は今のように、アンテナショップや通信販売など無かったので、父が故郷の食べ物にありつけるのは、親戚や知り合いが季節の物を送ってくれた時です。届いた食べ物が食卓に上ると、その日は上機嫌で「今日の夕飯は美味しいなあ」といつも言うので、東京生まれの育ての母は、「お父さんは田舎の物だったら、何でも美味しいっていうのよね」と少しあきれながら笑って言うのでした。

「たそがれ清兵衛」のラストで、妻の奈美が湯治で体調が良くなり、「おまえさま、雪が降るまでには、すっかり元気になるかも知れませんよ。はやく、ご飯の支度をしてさし上げたい」「無理することはない。じっくりと様子をみることだ」と二人が手を取り合って、小春日和（びより）の光の中にたたずむ光景を読んで、生母は亡くなっても父の小説の中で生きていると思うのでした。

父の小説の中で私が一番好きなのは『橋ものがたり』（新潮文庫）です。橋にまつわる話を十篇収録したものです。初めて読んだのが十代の終わりの頃でした。今になっても変わらずこの本が好きです。

父と私の生活の中にも橋の思い出がいくつもあります。私が住んでいたところの近くには必ずと言って良いほど、橋がありました。時には高熱を出した幼い私を背負って、父が橋向こうの病院に駆け込んだり、父と散歩の途中で橋の横から河原に降りて、シロツメクサで首飾りや冠を作って父にかぶせて遊んだり。大人になってからは、いくつもの橋を渡ってマッサージへ通う為に父を車に乗せて運転手をしたり。橋には様々な思い出があります。『橋ものがたり』の中で一番好きな作品は「約束」です。まだ若い幸助とお蝶（ちょう）がそれぞれ家の事情で別れ別れになるのですが、五年後に橋の上でまた会おうと約束するのです。しかし、その五年の間にはいろいろなことがあり、素直に橋に向かえないお蝶がいました。

その橋は萬年(まんねん)橋。先日、初めて萬年橋に行く機会がありました。思っていたよりも小さいその橋のたもとに立った時、夕暮れ近い橋の上で、行きかう人の中にお蝶の顔を探す幸助のざわざわとした心情が伝わってきました。

――お蝶は、来はしない。

そう思った。五年の間に、お蝶とのつながりは、いつかは解(わか)らないが切れたのだ。

取返しのつかない、そういう経験は誰にでもあると思います。失って初めて気が付く、父や私だけでなく、殆(ほとん)どの読者が経験しているのではないでしょうか。この小説の中で印象的だったのは、お蝶と再会できた幸助が言う一言です。

「ひと晩、眠らないで考えたよ。そして俺は俺で、お蝶はお蝶だと思った。五年前と人間が変っちまったわけじゃない。そう思って、それを言いに来たんだ」

人の本質は変わらないと解ったのでしょう。そんな幸助だからこそ、お蝶とまた再びつながることが出来たのです。橋は人を結び付けたり、大きな隔たりになることもある不思議な場所なのです。

父との様々な親子の物語を思い出させてくれる『橋ものがたり』は私にとって一生好きな小説だと思います。

『獄医立花登手控え』（講談社文庫・文春文庫）は私にとって特別な思い入れがあります。この作品は「春秋の檻（おり）」「風雪の檻」「愛憎の檻」「人間の檻」の四冊からなるシリーズです。立花登シリーズの連載が始まったのは昭和五十四年（一九七九）、父が五十一歳のときでした。小説現代の連載で昭和五十八年まで断続的に続きました。書き終わった時父は五十五歳になっていました。

この小説が私にとって特別なのは、小説に登場する登のちょっと口うるさい叔母・松江のモデルは母の和子で、おちえのモデルは私だからです。

私はその連載が始まった当時高校生で、学校から帰ると父の仕事部屋に行き、その日あった学校の話や友達のことをとりとめもなく父に話していました。父が仕事中でもうるさがられることも無かったので、「うちのお父さんは娘の話をよく聞いてくれてよいお父さんだ」と思っていたのですが、『獄医立花登手控え』を読んだところ、私の話したようなことが小説に出ていてびっくりしました。おちえの友達も「あ、これは○○ちゃんだ」と分かるのです。娘の話をよく聞く父は、それを小説のヒントにしていたのでした。おっとりタイプの玄庵が口うるさい松江に嫌味を言われてすーっと居なくなるところなどは、母に何かを言われて、黙って二階に消える父の姿と重なります。夫は玄庵もお父さんに似ているけれど、立花登こそが父だと言います。東北から江戸へ出てきた登が獄医として仕事をはじめ、様々な経験をして江戸のせちがらさや人情を知り成長していく様子と、父が鶴岡から東京へ出てきて、業界紙に勤め最初の会社が倒産したり、東京の街や人との関わりを通じて様々な困難を乗り越えて、人として成長する姿が重なると言うのです。そう言われてみれば「そうか！」と納得しましたが、それは娘の私には気が付かない部分でした。ある時部屋にいると「展子。ちょっと来なさい」と父が呼ぶ声がして、父の部屋へ行くと、机に向かって仕事をしている父が私の方を見て「もしも、展子が誰かに誘拐されたら、犯人に、『うちの親は○○円までだったら出せます』と言いなさい」と言うのです。私はいったい何の話をしているのかと思い、「お父さん、誘拐なんてされないから大丈夫だよ」と返事をすると「万が一の時の為に、覚えておきなさい」と真顔で言うので、お父さんは変なことを言うなあと思っていました。それから、何年かして「春秋の檻」を読んでいたら「あ！」と気づきました。「牢破り」の章を読んでいたら、おちえがさらわれる場面がありました。父が言っていた身代金（みのしろきん）の話はこれを書いていた時だったのだとやっとわかりました。原稿を書いていた父は、友達と遊ぶのに忙しく、なかなか帰って来ない娘のことが急に心配になったのだと思います。もちろん、父の言う万が一は起こりませんでした。

『三屋清左衛門残日録』（文春文庫）には、親子の話が度々書いてあります。以前はあまり意識しなかったことも、私自身が結婚して子供が出来てから、父の小説を読んでなるほどと思うことが増えたように思います。『三屋清左衛門残日録』を書き始めたのは、昭和六十年（一九八五年）、父が五十七歳の時です。私も、父が清左衛門を書いていたときと同じ年頃になりました。昔は五十五歳で定年が当たり前でしたので、父の知り合いにも定年を迎える人が増えてきたころだったと思います。父は、城山三郎さんとの対談で城山さんの『毎日が日曜日』（新潮文庫）が遠いヒントになったと話しています。毎日が日曜日というと気楽で良さそうな感じがしますが、実際はそうはならない人もいるようで、『三屋清左衛門残日録』の中で嫁の里江が「実家の父が隠居しましたときに、急に元気をなくしてそのうちに寝ついたことがございました」と言う台詞（せりふ）があります。寝込むのは極端だとしても、気持ち的にはそのような心境になる人もいるだろうなあと思います。最近は定年も延びて、いったいいつ迄（まで）働けば良いのか……、と思うかもしれませんが、働けるうちは働いた方が良いのかもしれません。

『三屋清左衛門残日録』には度々、清左衛門の親としての心境が出てきます。例えば「梅雨ぐもり」では、嫁に出した娘があることで思い詰めてやつれてしまい、それを見た清左衛門が心配し、

清左衛門の気分を重くしているものは、もうひとつその奥にあった。親は死ぬまで子の心配からのがれ得ぬものらしいという感慨がそれである。

親もそうそう長生き出来るわけではない。いつまでもこの有様では困りものだと思ったが、その小言を言うのは後にして、清左衛門は指で奈津に抱かれている女児の頬をつついた。

という文章があります。どちらも娘奈津の事を思ってのこと。しかし、私にはこの言葉はそっくりそのまま私に向かって書かれたものだと思い、今になって本当に心配ばかりかけて申し訳なかったなあと反省する日々です。

けれど、どんなに出来が良い子供だったとしても、生きている限りいくつになっても親子の関係は変わらず、子供のことは何かと心配になるのだと、今自分に息子が出来てつくづくそう思うのです。

『三屋清左衛門残日録』では、藩内に朝田派と遠藤派という二つの派閥があり政権争いをしていました。最初、あまり印象が良くなかった遠藤家老が小説の終わりでは政権を取り良い風に書かれていたのは、「父が夫に気を使ったのかな」などと推測してしまいます。父がこの小説を書いている時期に私は結婚をして、遠藤姓になりました。

父のエッセイ「涙の披露宴」（新潮文庫『ふるさとへ廻る六部は』所収）では、結婚すれば、「親の責任はとたんに一〇パーセントぐらいまで減るだろう。泣くどころか高笑いで娘を送り出したいほどである」と書いているのですが、そうはいかずに、ずっと気がかりになるだろうと『三屋清左衛門残日録』を書いている時にうすうすは分かっていたのだなあと思いました。そして、「男が泣くとは何事か、男の沽券にかかわる話だとも思っていた」と書いている昭和一桁生まれの父は、花嫁姿でにこにこしている私の姿を見て母にムッとして「あの子は少しにこにこし過ぎないか」と言いながら不覚にも涙していたそうです。実際に父の責任は一〇パーセントどころか、家族が増えた分、喜びも心配事も増えたのでした。私も父に似て、心配性な所があるので、息子のことは今から覚悟をしておかないといけないなあと思います。

父のエッセイに「夕の祈り」(『ふるさとへ廻る六部は』所収)があります。父が日課にしている散歩に出かけると、途中で少年野球をしている子供達がいました。元々、野球好きの父は、その練習風景を見て色々と思う所があったようでした。ひとしきり見てから、家に帰ろうとしたその時、父のうしろから「夕焼け小焼け」の音楽が聞こえてきました。

「よい子のみなさん、五時になりました。さあ、お家に帰りましょう。明日もまた、すばらしい一日でありますように」放送は毎日流れていたのですが、きちんと内容を聞いたのはその時が初めてだったそうです。すると突然、父は胸が熱くなるのを感じました。

私が立っているのは学校裏のひろく小暗い芝生のそばで、もはや光を失った初冬の空が、芝生の先の家や裸の木木のうしろに、わずかな赤味を残して暮れるところだった。

そうか、と私は思っていた。未来がはたして人間をしあわせにするかどうかを、老いた私は見届けることが出来ず、出来るのは子供たちの明日を祈ることだけだと……

このエッセイを読みながら、若い時には考えもしなかったけれど、今なら父の気持ちが分かると強く思いました。私も又、父と同様にどんなに気にかかっても子供の将来の姿を見届ける事は出来ないし、まして今は影も形もない孫などは、お目にかかれるのかどうかすらわかりませんが心配になります。私も父と同じように、まだ見ぬ私の孫達を想像して、しあわせにと心の中で祈るのでした。父六十歳、私もあと数年で六十歳、考える事は親子で同じようだなと感慨深く思うのでした。この時の光景はその後父の心の中に残っていたのだと思います。

「静かな木」（新潮文庫『静かな木』所収）は父にとっての初孫の浩平が生まれた翌年に書かれた小説です。父のスケジュールが書かれた学芸通信社のカレンダーを見ると、一九九四年三月三十一日の所に、「小説新潮　４００×50（６００号記念）」と書かれていました。父は六十六歳になっていました。

その木に残る夕映えがさしかけていた。遠い西空からとどくかすかな赤味をとどめて、欅（けやき）は静かに立っていた。

――あのような最期を迎えられればいい。
ふと、孫左衛門はそう思った。

父は欅の木に自分の人生を重ね合わせ、父の心の声がこの一文に描かれているように思いました。そして、「夕の祈り」で感じたように、そっとそこにたたずんで子供の未来を見守っていく、そんな風に感じました。父が年を取ったからそのように思うのかというと、私は少し違うように思います。父はずっと「静かな欅の木」のように家族を見守ってきたのです。そっと見守り、普段は自由にさせて、困ったことがあったらすっと手を差し伸べる、それが父の子育てスタイルで、後には家族への接し方でした。そのおかげで、家族はのびのびと暮らすことが出来ました。そして私は、父が望んだのほほんとした性格のまま、普通の生活を送ることが出来たのだと思います。

若い時に、実家が破産し、結核になり教師の道を閉ざされ、思いがけず東京で働くことになり、私の生母と兄を亡くし……こう書くと、父の人生は不幸続きのようですが、今言えることは、父はいつでもどんな時でも一所懸命生きてきたということです。「お父さんの人生はまるでテレビドラマになりそうだね」と夫に時々言うのですが、困難を経験した分、口癖のように私には「普通が一番」と言い続け、そう生きることを望みました。ドラマチックな人生はやはりそれはそれで大変だったと思うのです。「普通が一番」、家族が元気で仲良く暮らすこと、そう言えることは、何よりも幸せなことなのだと最近特に感じています。

さくらのつぼみがふくらみはじめたころ、間瀬家には初孫が生まれた。これがじつにかわいらしい女児で、散歩の途中、孫左衛門は足がとかく間瀬家の方に向きがちになるのを押さえるのに苦労する。

父にとっての初孫浩平が生まれた日の手帳には、母（和子）が病院に来て出産間近の私のお腹（なか）をさすってくれたことが書いてあり、続けて、「正君（夫・崇寿のこと）からＴＥＬあり。生まれたという。ほっと一安心。私の方は気持ちが落ちつかず夕方までたった一枚書いただけ。」とありました。翌日には「正君が車で来て、赤ん坊と展子のビデオをみせる。なかなかかわいい子供だ。そのあと正君の運転の車で病院に行く。ビデオだとずいぶん大きな子供に見えたが、実物はやはり小さい。Ｐ・Ｍ４時すぎに車で帰る。疲れた。がこれでひと安心。」持病のあった父には、そうとう大変な日々でした。浩平が生まれて三日目の手帳には「今日は午前中からせっせと小説を書く。明日の夕方とりにくるので、のんびりもしていられない」やっと仕事に戻った感じの父の文章に思わずクスリと笑ってしまいました。孫が生まれて、父と母と私達家族もにぎやかになりました。家族の中で、浩平を抱くのが一番上手だったのは父です。さすが昔取った杵柄(きねづか)ではないですが、父子家庭の経験もこんな時になって役に立ったようです。

――生きていれば、よいこともある。

孫左衛門はごく平凡なことを思った。

私達家族の人生の支えになる父の声です。

えんどう・のぶこ
一九六三年東京生まれ。時代小説家・藤沢周平(本名・小菅留治)の長女。西武百貨店書籍部勤務ののち、一九八八年に遠藤崇寿と結婚。一九九三年に長男を出産し一児の母となる。現在は藤沢周平にかかわる仕事に携わっている。夫と共に、父の故郷の鶴岡市立藤沢周平記念館監修者を務める。エッセイストとしても活動し、著作に『藤沢周平 父の周辺』(文春文庫)、『父・藤沢周平との暮し』(新潮文庫)、『藤沢周平 遺された手帳』(文春文庫)がある。

藤沢周平作品ナビ　　　編集協力：木村行伸
藤沢周平の名言　　　　執筆：青木逸美

編集協力／執筆者プロフィール
木村行伸　きむら・ゆきのぶ
1971年東京都生まれ。文芸評論家。歴史・時代小説、推理小説、現代小説、ノンフィクションの書評を新聞、雑誌に執筆。時代小説の関連書籍、文学事典などの企画にも携わる。

青木逸美　あおき・いづみ
ライター・書評家。時代小説を中心に解説や書評を執筆。執筆を担当した作品に『鬼平の言葉 現代（いま）を生き抜くための100名言』『文豪ナビ 池波正太郎』『文豪ナビ 司馬遼太郎』など。

本文デザイン　カラス

監修・特別協力
遠藤崇寿
遠藤展子
藤沢周平事務所

写真提供・クレジット
田沼武能：P17、P20、P21、P73左、P81、P87、P141
鶴岡市立藤沢周平記念館（撮影：八尾坂弘喜）：P6、P7、P73右
※表記のないものは新潮社もしくは遠藤展子、遠藤崇寿所蔵、提供。

本書は文庫オリジナル作品です。

鶴岡市立 藤沢周平記念館 のご案内

藤沢周平のふるさと、鶴岡・庄内。
その豊かな自然と歴史ある文化にふれ、作品を深く味わう拠点です。
数多くの作品を執筆した自宅書斎の再現、愛用品や自筆原稿、
創作資料を展示し、藤沢周平の作品世界と生涯を紹介します。

利用案内

所在地　〒997-0035 山形県鶴岡市馬場町4番6号（鶴岡公園内）
TEL/FAX　0235-29-1880/0235-29-2997
入館時間　午前9時～午後4時30分（受付終了時間）
休館日　水曜日（休日の場合は翌日以降の平日）
年末年始（12月29日から翌年の1月3日まで）
※臨時に休館する場合もあります。
入館料　大人320円［250円］高校生・大学生200円［160円］
※中学生以下無料。［ ］内は20名以上の団体料金。
年間入館券1,000円（1年間有効、本人及び同伴者1名まで）

交通案内

・JR鶴岡駅からバス約10分、「市役所前」下車、徒歩3分
・庄内空港から車で約25分
・山形自動車道鶴岡I.C.から車で約10分

車でお越しの方は鶴岡公園周辺の公設駐車場をご利用ください。（右図「P」無料）

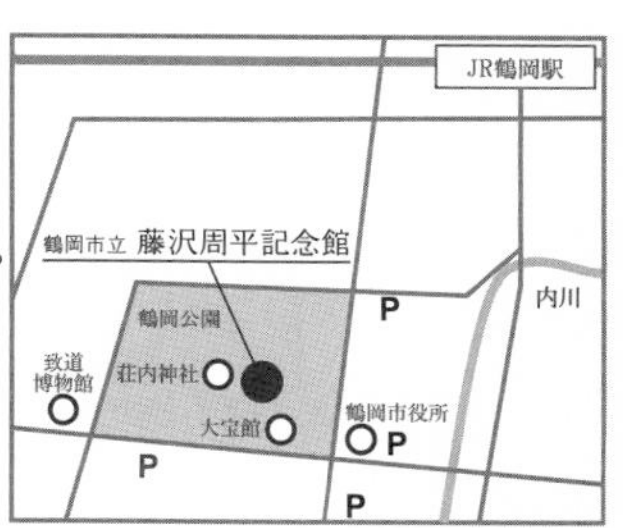

── 皆様のご来館を心よりお待ちしております ──

鶴岡市立 藤沢周平記念館

http://www.city.tsuruoka.yamagata.jp/fujisawa_shuhei_memorial_museum/

文豪ナビ　藤沢周平

新潮文庫　ふ－10－0

令和四年一月一日発行

編者　新潮文庫

発行者　佐藤隆信

発行所　株式会社新潮社

郵便番号　一六二―八七一一
東京都新宿区矢来町七一
電話　編集部(〇三)三二六六―五四四〇
　　　読者係(〇三)三二六六―五一一一
https://www.shinchosha.co.jp

価格はカバーに表示してあります。

乱丁・落丁本は、ご面倒ですが小社読者係宛ご送付ください。送料小社負担にてお取替えいたします。

印刷・錦明印刷株式会社　製本・錦明印刷株式会社

ISBN978-4-10-124700-7　C0195